黒龍王と運命のつがい

～紅珠の御子は愛を抱く～

CROSS NOVELS

眉山さくら

NOVEL:Sakura Mayuyama

みずかねりょう

ILLUST:Ryou Mizukane

CROSS NOVELS

CONTENTS

CROSS NOVELS

CONTENTS

黒龍士と運命のつがい

～紅珠の御子は愛を抱く～

＊＊＊＊＊

高い峰々が折り重なるように連なる山奥の深い森の中に、古びた小さな神社があった。

弥月《やづき》はまだ眠気の残る眼を擦りながら、古ぼけてギシギシと軋《きし》む扉を押し開く。そのとたん、露を含んだ木々から爽やかで鮮烈な朝の香りがして、思わず頰をほころばせた。

元気な小鳥の鳴き声が響き渡る森の中、短い黒髪を躍らせながら、弥月は木桶を下げて近くの沢へと下りていく。

雪解けの川の水は手を浸すと痛いほど冷たい。その水でばしゃばしゃと顔を洗い口をゆすぐと頭の芯まで冷えて、ようやくしゃっきりと目が覚めた。

「よしっ、仕事しないとな」

木桶に満々と汲んだ水をよろけつつも神社まで運ぶと、柄杓でなみなみと湯呑に注ぐ。その隣に弥月の朝食に採っておいた木の実を数粒、祭壇にお供えした。

龍神様が祀られたこの社に弥月以外の人が来なくなって、もうどれくらいの月日が経っただろうか。

祭壇の前に正座すると、弥月は手を合わせながら祈りを捧げたあと、貧相なお供え物を見てため息をつく。

「黒龍さま、こんなものしかお供えできなくてごめん。今度、里に下りられたらおまんじゅう買ってくるよ」

里からお供え物も届かなくなってしまったことが申し訳なくて、せめてもと、弥月が五歳から十六歳の今日まで、嵐の日も氷が張る寒い日も自分の朝食の一部と水を欠かさず供え続けていた。

食糧備蓄を補充するためにも、そろそろ里に下りなければ。けれどそう考えただけで、恐怖に足がすくむ。

『なに……この気持ち悪いできもの⁉　こ、こっちに来ないで、化け物……！』

里の人に投げつけられた言葉を思い出した瞬間、いびつな形をした胸のできものが疼《うず》くように痛み紅く光り、熱くなるのを感じて、弥月はギュッと胸元を握り締める。

『こいつ、龍神様のお社に捨てられてたんだろ？　龍神様っていや、人を食うって言い伝えがあったじゃねぇか。気味が悪りぃ……このガキも呪われてるんじゃねえのか』

鋭く突き刺さる言葉の刃に、凍りつくような冷たい視線。ズタズタに引き裂かれた弥月の心の傷はいまだ消えず、人前に出ることが恐ろしくて仕方ないのだ。

弥月をかばってくれたのは、源次《げんじ》だけだった。

生まれて間もなくこの神社に捨てられていた弥月を見つけ、拾ってくれた源次。

それが、まだ肌寒い早春の三月のことだったから『弥月』と名付けられ、しばらくは源次一家に育ててもらっていた。

「……じいちゃん……」

思い出すとじわりと目の前が涙でにじんで、弥月はボロボロになった着物の袖でグイと乱暴に目尻をぬぐった。

――弱気になっちゃ駄目だ。一人で生きていくって決めたんだから。

弥月には、生まれつき胸に小さなできものがあった。それが歳を重ねるごとに少しずつ膨らんできて、時折その中心が紅く光り、肌にできそこないのいびつな珠のような独特の模様を浮き上がらせるようになった。

『早く元いた神社に戻さなければ、この里にまで厄災が降りかかるぞ』

龍神様を祀る神社に捨てられていたのだから、きっと龍神様の呪いがかかっている子供に違いないと、里の人たちから恐れられ気味悪がられていた。

このまま里に置いておいては弥月に危害が加えられる恐れもあると、源次に連れられてまたこの神社に戻されたのが五歳の時だ。

その後も源次は弥月を不憫に思って時々食料や生活用具を持ってきてくれたり、山で生活していく知恵を教えてくれたりした。けれど、里からはあまりにも遠いため、年老いた源次は、ここまで来るのが厳しくなってしまった。

悪くなった足を引きずってまでやってきてくれた源次を見て、弥月は決意した。

源次に甘えるのはやめなければ、と。

『もう来んなよ。オレ、もうじいちゃんなんかいなくったって平気だ』

色々と心配する言葉をかけてくれる源次を振りきるため、心を鬼にして、ぶっきらぼうにそう言い放った。

——ごめん。じいちゃん、ごめん……。

もっと優しく言えばよかった。人のあたたかさを与えてくれた恩を返したかった。

後悔に胸がギリギリと軋む。けれど、これで良かったんだと自分に言い聞かせた。

弥月に構うせいで、源次が里で『呪いが移ったんじゃないか』『縁起が悪い』などと悪口を言われて肩身の狭い思いをしていることを知っていた。

源次は優しいから、「負担になりたくないから来ないで欲しい」などと言えば、余計同情して、放っておけない、と無理をしてしまっただろう。

——だから……これで良かったんだ。

粗末な着物の衿元を開いて中を覗き込むと、白く平らな胸の真ん中にはできもののような不自然な膨らみがあって、疼きが収まった今でも淡く紅い光を宿していた。

どうしてこんなものが自分の胸にあるのだろう。

このできものさえなければ、と考えたことは数えきれない。

それでも。このできものを憎く思うことができないのは、これが龍神様に繋がっていると感じるからだ。

その証拠に、社にいると不思議とこの胸のできものから力が満ちてくるようで、弥月は大きな病気をしたことがない。それに——、

「オレには黒龍さまがついいててくれるから、大丈夫だ。そうだろ？　黒龍さま」

弥月は天井を見上げ話しかける。

上から睨み下ろしているのは、天井いっぱいに墨で描かれた禍々しい龍の絵。

弥月の呼びかけに呼応するように、胸のできものは紅く輝きを増し、大きな龍を照らし出す。すると天井の陰影を浮かび上がらせ、輝きの揺らめきに合わせて龍の天井画がゆらゆらと蠢《うごめ》いて……まるで龍が生きているかのようにすら思える迫力ある姿を見せるのだ。

この社に祀られている黒龍は、昔、生け贄を要求して人を食らったという言い伝えがあって、墨で荒々しく描かれたあまりに恐ろしいその絵を見て腰を抜かした、という者もいた。

けれど、幼児期からずっと見続けている弥月には独りぼっちで不安な時でもじっと見守ってくれている、守り神のような存在になっていた。

だから、弥月は黒龍の絵に向かって色々なことを語りかける。

源次や里の人たちから聞いて覚えた言葉を忘れないように。

神社に戻された当初は独りぼっちの夜が恐ろしくて、寂しさとつらさに声も失ってしまっていた。

夜の深い闇も山を渡る風の音や動物の声、何もかもに怯え、泣くことしかできずに震えていた。

けれど、何日か過ごすうちに、黒龍の絵が天井から自分に何か語りかけてくれているような気がして、弥月は少しずつ心を取り戻していったのだ。

だから自分を守ってくれるこの神社と龍神様に感謝を込めて、心ばかりのお供え物をして、隅々まで清めるのが弥月の日課となっている。

古い神社の板壁に開いた穴を木切れで塞いだりしてなんとか修理しているけれど、やっぱりそろそろきちんとした道具を買わないと駄目だな、と弥月は顔を曇らせる。

掃除と修繕の間に雑穀と山菜を煮て、採ってきた木の実とで簡単な朝食を済ませると、「よし」と弥月は腰を上げた。

棘《とげ》や枝で傷つけないように腕と足にぐるぐると細布を巻きつけ、腰帯をギュッと締めて鉈《なた》を差し、束ねた綱と布袋を携えて準備を済ませると、

「いってきます」

弥月は大きな声で天井の黒龍に挨拶をして社の扉を閉め、勢いをつけて再び森へと入っていった。

弥月が毎日のように山を巡り歩いているのは自分の力で生きていくためだ。

山で四季折々の食材を得たり、和紙や太布の材料になる楮《こうぞ》や梶の木の樹皮を採ったり、灯明や生活に欠かせない油を取る梛《なぎ》の木の種を集めたりする。

怪我をした時や熱が出た時に湿布になる樹皮の薄皮や精油の採り方など、山で一人生きていくための方法や知恵、これらすべて、源次が教えてくれたことだ。

作業が一段落ついて、岩の上に腰かけると竹筒に入れてきた冷たい水で喉を潤す。

そろそろまた、山を下りて必要な品を買ってこなければ。

年に二回、山を下りてまとめておいた樹皮や薬草を売りに行き、代わりに生活用品や雑穀など、山では手に入らないものを買ってくるのだ。

買い出しには源次のいる里は避け、弥月のことが知られていない遠い町へと出向いていた。

目の前に続く見渡す限りの山並みを見つめながら、源次と里で過ごした幼い日々を思い出して、ど

うしようもなく切なくなる時がある。

今はもう、霞みたいにぼんやりとしたかすかな記憶でしかないけれど、それでも弥月にとってはかけがえのない大事な思い出だ。

思わず涙が込み上げそうになって、上を向いてこらえていると、かさかさっ、と音がして、驚いてそちらに目をやる。

すると、岩陰や木々の枝から用心深くこちらの様子を窺っていた動物たちが、姿を現したのが見えて、弥月に笑顔が戻る。

すっかり顔馴染みになった猿の家族たち。母猿の腹に可愛い小猿がしっかりとしがみついていた。

「おはよう。お前、ほんと甘えん坊だなぁ」

少し羨ましくて、猿の親子に向かってからかいの声をかけると、母猿がきーきーと優しい声で鳴きながら近づいてきて、弥月の隣に座り、どこか心配そうな顔で小首をかしげ、こちらを見つめてきた。

樹の幹の巣穴から顔を出した栗鼠《りす》もちょこちょこと枝伝いに弥月の肩へと下りて、ふわふわな尻尾で頬をくすぐってきた。

「わ、くすぐったいって……元気出せ、って？　ありがとな」

可愛くて、あったかくて、独りでに笑みが零れた。

動物たちの自然を生き抜く逞しさや愛らしい仕草に心癒やされ、元気をもらっている。弥月にとって、彼らは大切な仲間だった。

その時――バァン！　と静寂な森の空気を切り裂く恐ろしい音が響き渡った。

「……ッ、また猟師か⁉」

弥月が慌てて立ち上がると同時に、猿がキィッと鋭い警戒音を発して枝を飛び移りながら姿を消し、栗鼠も慌てて幹を駆け上ぼり巣穴に戻っていった。

弥月は身を屈めて耳を澄ますと、なるべく音をさせないように注意しながら素早く山道を駆け、神社へと戻る。

弥月にとってもっとも警戒しなければいけないのは、猪や熊ではなく、たまにこの山奥までやってくることがある猟師や木樵《きこり》など、同じ人間だった。

管理する者もいない山奥だからと、無慈悲に自然を荒らし、狩りと称して嬲《なぶ》るようにして動物を殺す者もいた。そして――。

以前、迷い込んできた荒くれ者に襲われた時のことを思い出して、弥月はぶるりと背を震わせる。

もともと源次たち山里の人たちと比べ、弥月の肌は際立って白く、たくさん働いて身体を動かしても体軀は大きくならないゆえに「なまっちろい」などと言われて目をつけられやすかったのだけれど。

『なりはみすぼらしいが、よく見りゃ可愛い顔してるじゃねえか』

そう言うと荒くれ者は弥月に獣のようにのしかかり、押さえつけて無理矢理着物を剝ぎ取ってきて……胸に光る異物を見た時の、急激に変わっていったあの形相が忘れられない。

おぞましいものを見るような恐怖に引きつった顔。慌てて逃げながら男は、『化け物が』と罵声を弥月へ投げつけていった。

荒くれ者が去って安堵したあと、悔しさと恥ずかしさに泣きながら、弥月は思った。

みんなが自分を化け物と呼ぶならば。大切な自然を、動物を虐げる者から山を守るためなら、いくらでも自分は化け物になってやろう、と。

神社に戻ると、奥にしまっていたものを取り出す。昔は神楽に使われていたらしい、革に龍の鱗のようなものをびっしりと張り合わせた被り物だ。

それを慣れた手つきで被り、弥月は再び外に出る。音をたどって二人組の猟師を見つけると背後へと回り、わざと身体を揺するようにして歩くと、鱗状の飾りが擦れ合って、シャン……シャン……と鳴った。

「ッ？　なんだ、この音……！」

怯んだ様子の猟師たちに、弥月は腹に力を入れると、めいっぱい低い声を出す。

「出テイケ……コノ山カラ出テイケ……」

すると被り物の中で音が奇妙に反響し、おどろおどろしくこもった音となって響き渡った。

徐々に歩を速めると、シャンシャンシャンシャンシャンと飾りが擦れる音も激しくなり、森の中に響き渡らせながら猟師たちへと迫る。

「うわぁあ……ッ！　で、出たッ、化け物……‼」

被り物をした弥月を見つけた猟師が叫ぶ。

その恐怖に引きつった絶叫を聞きながら、弥月はクッ、と口許を吊り上げて嘲笑った。

――そうだ。自分は化け物だ。だから、近づくな。近づくな――。

逃げようとする猟師の姿に、昏い感情を胸に抱きながら見送ろうとしていた、その時。

「……ッ、ビビるんじゃねぇ！　この化けモンの中にある宝玉さえ盗りゃ、一生遊んで暮らせる金をもらえるって話、忘れたのか⁉」

怒声を張り上げながら、もう一人の猟師が銃を構えた。

「――……ッ⁉」

いつもなら脅かせばみんな逃げていったのに。

被り物全体に張られた鱗状の飾りは銃弾を跳ね返すほどに硬く頑丈だったが、男の怒鳴り声に、以前襲われた時の恐怖が弥月の脳裏によみがえってきて、脚がガクガクと震えてしまう。

じりじりとにじり寄ってくる猟師たちが恐ろしくて、弥月はたまらず身を翻して逃げる。

「おい、追うぞ！　宝玉が逃げちまう」

「お、おうっ」

追いかけてくる足音と男たちの荒々しい息の音に弥月は怯え、山の斜面を駆け上がる苦しさに喘ぐ。

山で仕事する男たちは山の神を信じ龍神を恐れていたので、神社を壊してまで侵入してはこなかった。

だからこの神社の中に逃げ込みさえすれば、無事でいられた。けれど、男たちは『宝玉』とやらを探すためなら無慈悲に神社を荒し、壊すだろう。神社を守るために、そして動物たちを守るために、動物たちの巣がない荒れた場所へと踏み込んでいく。

慣れ親しんだ山の中だから、いつもの弥月なら彼らを撒《ま》くことなど造作もない。けれど今は重い被り物をしていて、しかも飾りが立てる音が彼らに弥月の位置を教えてしまう。

被り物を脱ぎ捨てることも頭によぎったけれど、神社に厳重に納められていた物だったことを思えば、粗末に扱うこともためらわれた。

神社の物を持ち出して、人を脅かし続けた罰が当たったのだろうか。

被り物には宝玉などついていなかったはずだが、もしかしたらとても貴重なもので、それを知った猟師たちが奪いに来たのかもしれない。

――ごめんなさい、黒龍さま……!!

弥月は必死に力を振り絞って藪を掻き分けうねる獣道を走り、男たちからどうにか逃れようとあがく。けれど――。

「うぁ……ッ!」

募る恐怖と疲労にとうとう、弥月は絡まった草に足を引っかけて無様に転んでしまった。

起き上がる前に追いつかれ、猟師にのしかかるようにして身体を押さえつけられて、弥月はガタガタと震え、すがる気持ちで被り物をぎゅっと握り締めた。

「やっと捕まえたぜ……まったく、手間とらせやがって」

「ほ、ほんとに大丈夫か？　鱗生えてるし……もしかして龍神様の使いなんじゃゃ」

「なにが龍神様だ。ここまできてビビるんじゃねえよ、いつでも撃てるように構えとけ」

吐き捨てるように言って、猟師は被り物をした弥月を見下ろす。

「ん？　この脚……」

「ひ……ッ」

被り物の下からはみ出た脚に気づいた男に足首をわしづかみにされて、弥月は悲鳴を上げた。暴れようとすると脚を荒縄で縛られ、とうとう被り物まで剝ぎ取られてしまう。

「……なんだ？　ただのガキじゃねえか」

「子供？　なんでこんなものを被ってたんだろう」

恐怖に縮こまる弥月と被り物をまじまじと眺め下ろし、二人は怪訝な顔をする。

被り物をくまなく調べ、目当てのものがないことを知ると、猟師は「くそっ」と苛立たしげに舌打ちした。

「だが化けモンに化けてたってことは、こいつが宝玉のありかを知ってるってことなんじゃねえか？」

「……し、知らな……」

「嘘をつくな!!」

必死に首を振って否定すると、恐ろしい形相で怒鳴られて、弥月はビクリと肩を震わせ硬直する。

「だったらなんで俺らを脅かして追い出そうとした？　お宝を独り占めするためじゃねえのか!?」

血走った目で睨みつけてくる男の、その普通ではない様子に弥月は息を詰めた。

「しゃべりたくなければそれでもいいんだぜ……いざとなりゃ、お前を人買いに売ったっていいんだからな」

「いやだ……やめろ…ッ！」

衿元をつかまれ、引き寄せられて、弥月はなんとか逃れようと拘束されてままならない身体で懸命にもがく。

「うるせぇ！」

だが罵声と共に頬を思いきりぶたれ、衝撃と恐慌に弥月は頭の中が真っ白になった。

「……ぅ、あ、ぁ……」

動けなくなった弥月の着物を剝ぎ取ろうと、乱暴に帯を取り胸元を開いた男の手が、胸のできものを見つけ、止まる。

「お、おい、なんだよ、それ……っ⁉　やっぱ、この子供、普通じゃないって…っ」

傍らで見ていた猟師が焦った声を上げるのにも構わず、もう一人の猟師はまじまじと弥月の胸のできものを見つめると、

「いや……緋色に輝く宝玉、って話だったろ。もしかして、このガキの胸に埋まってるこれがそうじゃねえのか？」

さらに腰に下げていた鉈を取り出したのを見て、仲間の猟師が震える声を漏らす。

「え……な、鉈なんか出して、どうするつもりだよ……」

「——このガキの胸かっさばいて取り出すんだよ」

「いやだぁぁあ……ッ」

爛々とした狂気を孕んだ目で鉈を構えられ、弥月は恐怖のあまり絶叫して暴れる。けれど口を塞がれ、抵抗もむなしく押さえ込まれた。

「俺は金がいるんだ……おら、押さえろ！　お前も、借金払えなきゃ、自分の首吊るしかねえだろ、

腹ぁくくれ‼」

発破をかけられ、見ているだけだった猟師がビクリと反応する。

ためらいの表情を見せる彼に、弥月は悲痛な思いで視線をやるが、

「……す、すまん……すまん……っ」

そう繰り返して助けを求める弥月を振り切るように目を逸らし、彼も弥月の身体を押さえつけてくる。

絶望に打ちひしがれ、胸に鉈が押し当てられる感触に、弥月は死を覚悟して、ギュッと目を閉じた。

その時――ザワリ、と森全体が揺れ、ゴォォォ…ッ！　と勢いよく風が吹き抜けたと思うと、一瞬であたりに一寸先も見通せなくなるほどの濃密な霧が立ち込める。

「な、なんだ…ッ、これは……」

猟師の焦り声を遮るように、ビシャァン！　と耳をつんざく轟音と同時に稲妻が走り、立ち込める霧が割れるように晴れ、雷に打たれた大木がみしみしと悲鳴を上げて引き裂かれて、ズドン、と重い音を立てて倒れる。

その瞬間、鮮烈な閃光に白く染まる視界の中、巨大な龍の姿が黒く浮かび上がった。

「――うあぁあぁ……ッ⁉」

まるで神社の天井に描かれた墨絵がそのまま抜け出てきたかのような、迫力ある姿が眼前に迫り、猟師たちは悲鳴を上げて仰け反った。

だが閃光が消えるとすぐに龍は見えなくなり、真っ暗になった森の中から、強まる風と共に誰かが

近づいてくる気配がして、猟師たちだけではなく、弥月も身構える。

「あ、ぁ……っ」

苦しいほどに早くなる鼓動。それに呼応するかのように胸のできものが熱く息づき、宿る光がどんどん強くなっていくのを感じて、弥月はあえかな息を漏らす。

すると突然、ざわりと一際大きく木々がざわめくと共に、闇を切り裂くようにして一人の男性が姿を現した。

極彩色に彩られた煌びやかで派手な衣装を身に着け、黄金色に輝く長い髪の毛が逆巻くように波打っている。

金糸のような豪奢な髪も、対照的ななめらかな褐色の肌も、雄々しく整った彫りの深い顔立ちも、均整の取れた逞しい長身にまとう絢爛な衣装も、今まで弥月が目にしたことがないものだった。

その姿は、闇の中にまるで発光しているかのように浮かび上がっていた。

「邪魔だ、どけ」

直接頭の中に響いてくるような、独特の響きのある声を発し、浮世離れした美貌の男性が弥月の上にいた猟師を睥睨する。

「ひぃぃ…っ!!」

異常な状況に恐慌に陥り、とっさに猟師の一人が手にしていた鉈を男性めがけて振り上げる。

だが浮世離れした彼は、眉ひとつ動かさずに襲いかかる猟師へ手をかざした、その瞬間――男性の手のひらから光が放たれたかと思うと、腹を奇妙にひしゃげさせて猟師の大柄な身体が吹き飛び、宙を舞ったあと、無様に地面に叩きつけられた。

「……す、すみませんすみません…っ！　俺はただ、あの男に言われて」

「――うるさい。耳障りだ」

ガクガク震えながら許しを乞おうとする言葉を無情に遮ると、まるで蝿でも払うかのように無造作に腕を振る。

すると頬に一撃を食らった猟師は「ぐぎゃっ」と潰れた声を上げてもんどりうち、地べたを転げ落ちていった。

それなりに体格のいい猟師二人を、まるで赤子の腕をひねるかのように容易く叩きのめしたその圧倒的な力を目のあたりにして、弥月は鋭く息を呑む。

次は自分の番に違いない。そう思うのに、まるで魅入られたように彼の浮世離れした美しい相貌から目が離せなくなって、弥月は身じろぎひとつできないまま、激しく高鳴る鼓動に息を喘がせる。

「……………ッ!!」

胸で強い光を放つできものを見下ろしてくる彼に、弥月は蒼ざめ、急いではだけた衿を掻き合わせようとした。

けれど、彼に手首をつかまれて遮られ、

「なぜ、隠す」

不服そうな声と共に、弥月の衿元が大きく開かれた。

「あ、ぁ……っ」

蒼ざめ震える弥月の胸で紅く息づく異物を、彼が息を呑みじっと見つめている。

目を背けていてさえも彼の強い視線を感じる。その美しい双眸に自分のおぞましいできものが映っていると思うだけでいたたまれなくなって、弥月はきつく唇を噛んで目を閉じた。

今度はいったいどんな屈辱的な言葉を浴びせられるのだろう。それともまた、気持ち悪いと暴力を振るわれるだろうか。

「初めて見た……これが」

呟きと共に震える胸をゆるりと撫でられて、弥月はビクリとして目を開く。

「な、なにしてんだ…ッ、き、気味悪くないのかよ？」

このできものを見た人たちはみな「呪われる」と恐れ、おぞましいとばかりに目を背けた。ましてや触れられたことなど一度もなかったのに。

混乱と驚きに、弥月はうろたえ、声を上ずらせる。

「なぜ、そんなことを言う」

「だ、だって、変な形してるうえに光るし、みんな気持ち悪いって……っ」

怪訝そうに尋ねてくる彼に、弥月は今まで言われてきたことを思い出して、みじめさに泣きそうになりながら言い募った。

「馬鹿な」

けれど、彼は怒りすら感じる声色で言うと、

「醜いわけがないだろう。こんなにも神々しく、美しいというのに」

そう断言し、まるでそれを証明するかのように胸元へ顔を寄せ、できものへとうやうやしくくちづける。

「————……ッ⁉」

信じられない。

この胸のできものを見て怯まないどころかその手で触れ、あまつさえくちづけて、美しいと言うだなんて。

訳が分からず、弥月はおずおずと彼を見上げた。

すると、彼は冴え冴えとした紫銀色の瞳でまっすぐに見つめ返してきて、

「ずっと、お前を探していた。龍の御子——お前こそが、待ち望んでいた人だ」

真摯な声でそう告げてくる。

「待ち…、って。あんた、いったい……」

どこに行っても気味悪がられ、厄介者として扱われてきた。

そんな自分を待ち望んでいただなんて考えたこともなくて、弥月は戸惑いに声をかすれさせた。

「俺は、龍偉《ロンウェイ》。龍国の領土、黒龍領を束ねる者であり、龍王候補である王子の一人だ」

「ロン、ウェイ……？」

馴染みのない響きの名前に、弥月は首をかしげる。

「お前の名はなんというのだ？　龍の御子《みこ》よ」

「や、弥月……だけど、『りゅうのみこ』って、なんなんだよ……」

彼の言っていることの意味が半分も理解できず、弥月は不安に揺れる声を漏らした。けれど、

「弥月」

深みのある低い声で名を呼ばれ、思わず弥月はドキリとしてしまう。

「化け物」「あの呪われた子」と言われてきて、「弥月」と名前を呼んでくれたのは名付け親の源次だけだった。その源次ですらいつもどこか憐れみを含んだ声色で、こんな風にしみじみと噛み締めるようにその名を呼んでくれたことはなかったのだ。

「お前の胸にある物は、龍王の欠片《かけら》と言われるものだ」

龍偉は長い指で胸のできものをなぞるように撫でながら、そう告げた。

「人でありながらも、偉大なる龍王の欠片に選ばれし者――それこそが、龍の御子と呼ばれる存在なのだ。昔は、龍の御子といえば龍神の遣いとして大事にされていたというのに……先ほどの人間たちを見ても、相当この地は荒んでしまったようだな」

嘆かわしい、といわんばかりに嘆息し、彼はその顔をしかめた。

「もうこれ以上、こんな場所にお前を放っておくことなどできない。どうか、俺と一緒に来て欲しい」

「い、一緒に、って……オレ、あんたのこと、全然知らないのに……」

「俺は、ずっとお前を探していた……そしてこの龍王の欠片に導かれ、お前を迎えにここまで来た。龍の御子よ。俺には、お前が必要なのだ」

そう請うと、彼は再び弥月の胸に唇を押し当てた。

「あ、あぁ……や…っ」

ぬるりとしたあたたかく湿った感触に、弥月はあえかな息を漏らしてしまう。

彼は気味悪がるどころか、むしろ弥月の胸のできものに執着するかのように、何度も胸のできものを指でなぞり、熱を確かめるように唇を寄せる。

胸がきゅうっと締めつけられるように熱くなって、弥月は息を喘がせた。

未知の感覚に怯え、首を振って逃れようとする弥月の腰がつかまれ、強く引き寄せられる。

少し体温の低い彼の逞しく大きな腕に包み込まれて、恐怖とは質の違う緊張に、胸が狂おしく騒ぐ。

混乱や怯えに震える弥月の心とは裏腹に、胸の異物は彼の唇に、そして指に慰撫されるたびにますます赤みを増し、鼓動も苦しいほどに激しく脈打っていく。

「俺に反応してくれているのだな……なんと、愛い……」

呟き、龍偉は艶やかに微笑う。そのあまりに美しい微笑みに、弥月は状況を忘れて見惚れてしまう。

「俺と共に来るな？　弥月」

——本当に、一緒にいてくれる？　……もう、独りぼっちでいなくてもいい？

まるで夢を見ているような、陶然とした感覚に陥って、頭によぎる不安や恐れも霧のようにかすんでいって……弥月はこくり、とうなずいた。

「ああ……龍の御子よ。約束しよう。俺が共にいると」

まるで弥月の心の声が聞こえたかのように、彼は吐息と共にそう呟くと、弥月の身体を抱え上げた。

生まれて初めて抱き締められて、その力強い腕に心が震えた。

熱に浮かされたように火照ったままの身体が熱くて苦しくて、でもこの人から離れたくなくて、弥月は無我夢中で彼の分厚い胸にしがみついた。

間近にある彼の胸から響いてくる心音に呼応するように、弥月の胸の光も瞬く。

その時、今まで嗅いだことのない、芳しい香りが濃く漂う。

何の匂いだろうか。そう思ったとたん、頭がふんわりと霞がかったようになり視界がぼやけてくる。

やがてふうっと身体が浮き上がる感覚があって、高貴で美しい男性の姿が猛々しい黒龍へと変わっていくさまが見えた。

——黒龍、さま……？

まるで、神社の天井に描かれた龍神様がそのまま抜け出してきたかのような、迫力ある姿。夢のようなその不思議な光景に、ぼんやりとした頭でそんなことを思いながら、弥月は意識を手放した——。

陽光で目が覚めた。

眩しさに、目を細めながら寝ぼけ眼で窓のほうを見やった弥月は、驚きに目をしばたたかせた。

「え……？」

視界に入ってきたのは、住み慣れた神社のところどころ破れた板の壁ではなく、降りそそぐ陽光の中、染みひとつない美しく真っ白な石壁と見たこともない上質な調度品で飾られた室内だった。

天井を見上げても、いつも自分を見守ってくれていた黒龍の墨絵はなくて、弥月の胸に不安が募る。

「ここ……どこ、なんだ？」

外の様子を確かめたくて、起き上がろうとしたとたん、弥月の視界がぐらりと揺れた。

弥月は頭を手で押さえながら目を閉じて、目眩をやり過ごす。

そしていつもの癖で胸のできものに手を当てると、衣服の手触りが違うことに気づいた。

普段着ている粗末な太布の簡素な服ではなく、いつの間にか、肌触りのいい絹に綺麗な柄が刺繍された華やかな衣服に着替えさせられている。

その衣装を見て、弥月はハッとする。

輝くような黄金の髪、そして紫銀色の瞳を持つ、まるでこの世のものと思えないほどに美しい男性。確か、龍偉《ロンウェイ》といっていた。彼もまた、今、弥月が着ているものと似た、美麗な衣装を身に纏っていたことを思い出したのだ。

「……不思議な人、だったな……」

雷鳴と共に現れ、幻想的な佇まいとは裏腹に、人間離れした力で男たちを薙《な》ぎ払っていった。そのあまりに圧倒的で狂暴な力が、恐ろしくもあった。けれど――。

あの人は、胸のできものを気味悪がらなかった。

それどころか美しいと、言ってくれた。

そう言われた時、ありえない、と思ったのに。彼があまりにも曇りのない真剣な目をしていたから、その美しさに囚われたように、呆然と見つめ返すことしかできなかった。

そして自分を見つめる彼の視線が熱っぽいものになったかと思うと、このできものにくちづけてきて……。

肉感的なその唇に触れられた時のやわらかな感触を思い出してしまって、カァッと頬が熱くなり、弥月は慌てて首を振った。

――夢、だったんだ。

きっとそうだ。そもそも彼が屈強な男たちを倒した時のことを思い返しても、あまりにも現実離れしすぎていて、あんなことが本当に起こったこととはとても思えない。

とにかく今の状況を把握しようと、目眩をこらえて部屋の中をぐるりと見回してみる。けれど、広い部屋の中に他の人影はなく、自分一人のようだった。

正面には重そうな鉄飾りのついた木の大きな扉があって、左と右の壁には金属の飾り格子の入った窓がある。

寝台からゆっくりと床に下り立つと、ひんやりとした感触が素足から伝わってきた。

ふらつく頭を押さえながら弥月は扉の前まで歩いていくと、大きな扉を見上げた。

鉄飾りの扉は頑丈で重くて、弥月の力では押しても引いてもビクともしない。

「どうしよう……」

途方に暮れて視線を巡らすと右側の窓から青空が見えた。

外に出られるかもしれないと、逸る気持ちで窓へと近づく。けれど窓は高い位置にあって、弥月は格子に両手をかけ、精いっぱい背伸びした。

「……っ、ダメ、だ……」

下に目をやると地面は目もくらむような遠さで、とても窓から降りられる高さではないことが分かって、弥月はがっくりと肩を落とした。

格子越しに見える景色に、さらに愕然とする。

遥か遠く山々が連なり、白い雪を頂いた山の峰は鋭く、険しい形をしていた。よく晴れたいい天気なのに、空の色は紺に近く深い青色をしている。

自分が育った場所とはまったく違う。

「出して……うちに帰してくれよ…ッ」

どうしてこんな知らない場所にいるのか。これから自分はどうなってしまうのか。

格子を握り、激しく揺さぶりながら叫んだが、固い鉄の格子はびくともしない。

押し寄せる不安と心細さに涙が込み上げた、その時。

突然、弥月がどれほど押してもびくともしなかった鉄飾りの扉が重々しい音を立てて開き、数人の男性が入ってきた。

「……………ッ⁉」

驚きと怯えに、窓にすがりついた状態で身体を強張らせて弥月が警戒の目を向けると、男たちは一斉に並び、胸に手を置いてうやうやしく礼をする。

なぜ見知らぬ、しかも立派そうな男の人たちが、自分なんかに頭を下げるのか。訳が分からなくて混乱に固まっていると、さらに入り口からこちらに向かってくる人影が見えて、弥月は思わず小さく息を吞んだ。

褐色の肌に黄金色の髪、そしてまるで宝石のような紫銀色の瞳。それらが絶妙な配置で収まって、男らしく精悍な顔立ちなのに、気品と威厳に満ちあふれていて、美しい、と表現せずにはいられない。

こうして目の当たりにしてもなお、夢のようで、だから幻想の出来事だと思っていた。なのに――

「弥月」

低く深みのある声でやわらかく名を呼ばれ、ドキリと弥月の胸がはねる。

強く格子を握り締めていた手から力が抜け、脚がふらついて弥月はよろめいてしまった。

「おっと」

体勢を崩した弥月の腰を、彼が素早く支える。

「あ、ありがと……」

その力強く逞しい腕の感触にさらに心臓は高鳴るばかりで、弥月はそんな不可解な自分に戸惑う。

「どうした？　……泣いていたのか」

「な、泣いてなんかない…っ」

顔を覗き込まれ、さっき心細さに泣いてしまったことを思い出して、弥月は慌てて目を擦った。

「そんなに目を擦るな。……ん？　手のひらが赤くなっているぞ。人間の手というのは、ずいぶんやわなのだな」

困惑をにじませた彼の呟きに自分の手のひらを見ると、鉄の格子をきつく握りすぎたせいだろうか、確かに跡が赤く残っていた。

「人間の……って、あんたもそうだろ？」

龍偉の物言いに弥月は首をかしげ、おずおずと尋ねる。すると、彼は怪訝そうな顔になった。

「弥月。俺は龍人――人間とは、似て非なるものだ」

「りゅう、びと……？」

聞いたことのない単語に、弥月は目をぱちくりさせる。

「お前のいる社でも崇められていた『龍神』の血筋を引く者のことだ。お前には俺らの声が理解できているようだが……それも『龍の御子』の力なのだろうな」

「龍…って、そんな……だって、あんたお社に描かれてる黒龍さまと全然違うじゃないか……龍っていうのは、鱗があって、大きな蛇みたいな形をしてて、角が生えてて……」

突拍子もない彼の言葉に、弥月はつい疑いの眼差しを向けてしまう。

そもそも崇めていた『龍神様』にしても、あくまで手の届かない雲の上の存在と思っていたのだ。

「ふむ。また龍の姿に変化してやってもよいが、それには場所を変えねばならないし……そうだ、人の姿でも鱗ならあるぞ」

そう言うと、龍偉は突然、付き人たちに命じて人払いした。

いったいなにをするつもりなのか、といぶかしんでいると、

「ちょ、ちょっと…っ」

おもむろに帯をほどき、上着の留め金を外して脱ぎはじめた龍偉に、弥月はうろたえて声を上ずらせる。

「……ッ」

服を脱ぎ、あらわになった龍偉の上半身を見て、弥月は息を呑む。

鍛え抜かれた筋肉の隆起に張りつめた彼の褐色の肌は、まるでうねりながら飛翔するかのごとく、背中から左肩にかけて黒曜石のような艶と輝きを持つ漆黒の鱗に覆われていたのだ。

普通ではありえない異形のはずなのに、それはまるで芸術のようで……神社の天井画を彷彿とさせる生命力と威厳に満ちあふれていて、弥月はその迫力と美しさにただ、見惚れた。

「これは、正確には『龍紋』と呼ばれるもので、龍人の証――お前の胸にある、龍王の欠片のようなものだな」

「オレの、この胸のできものと、同じ……？」

「できもの、などと卑下するような呼び方はよせ。この欠片はとても尊いものなのだからな」

その言葉に、とくん、と弥月の心臓が大きく脈打つ。

珍しい髪と目の色をした、彼の完璧なほどに整った容姿に、自分とは遠い人だと思っていた。けれど……。

――醜いわけがないだろう。こんなにも神々しく、美しいというのに。

自分が彼の龍紋を見て、綺麗だと思うのと同じように……彼もまた、この醜いと罵られ続けたできものを、本当に美しいと思ってくれているのだろうか。

そんなことがあるわけがないと受け入れられずにいた言葉が、ふいにストンと胸に落ち、沁み込んでいくのを感じて……身体の芯がしびれるように熱くなって、弥月は震える息をついた。

「俺が龍となった時、この龍紋と同じ色の鱗に覆われているのだが……覚えていないか？」

「じゃあ……あの黒い龍は、やっぱり……」

「ああ、俺だ」

意識が途切れる直前、目の当たりにした猛々しい黒龍。

古ぼけて忘れ去られた神社に、ずっと独りぼっちでいた自分を見守ってくれていた黒龍の墨絵――それがそのまま抜け出てきたような黒龍に抱かれた時、とても心地よくて、心が安らいで……まるで空に昇っていく感覚に、陶然となった。

まさに夢心地で、だから、あんなことは夢の出来事だと思っていたのに。

現実だったのだとうなずかれて、弥月は信じられない思いで龍偉を見つめる。

「龍の姿も龍紋も、本来、あまりこんな間近で人に見せるものではないのだが……お前だから、特別だ」

そう言うと、龍偉は弥月の手をつかみ、己の龍紋へと触れさせる。

「……ぁ…っ」

見た目は冷たく無機質だけれど、触ってみると思いがけずしっとりとしていてなめらかで、鱗越しに筋肉の張りや力強い彼の鼓動が伝わってくる。

それを感じたとたん、呼応するかのように弥月の胸が熱くなって、できものの中にあるという欠片が一際強い光を放つ。

「やはり、俺に反応して輝きを増しているな……実に、愛い」

服の上からも分かるほどに輝く欠片を見つめ、龍偉はうっとりとした口調で呟くと、確かめるように、つ…、と指でなぞる。

「俺の龍紋も、お前の欠片に反応して、熱くなってきているのが分かるだろう…？」

「う、うん……」

どくどくと脈打つ鼓動と共に、ひんやりとした感触だった龍偉の龍紋もまた熱を帯びてきたのを手のひらに感じ、急速に喉の渇きを覚えて弥月はごくりと唾液を飲み込んだ。

「弥月。俺もお前の欠片を見たい」

「ぁ……っ」

そう言って龍偉は弥月を抱き込む形で腕に収め、腰帯をしゅるりと解いて、服の留め金を外そうとする。

「ま、待ってよ、そんな……っ」

「お前の欠片に触れて、その熱をじかに感じたいのだ……駄目か？」

焦って身をよじり抗うと、切なそうなまなざしで見つめながらそう問われ、弥月はドキリとして言葉を詰まらせる。

戸惑っている隙に、龍偉の手が弥月の服を脱がせていく。

「や……っ」

身をよじって逃れようとしたけれど、龍偉に抱き込まれて抵抗を封じられる。龍偉はそのまま慣れた手つきで服の前をはだけて胸元をあらわにすると、

「……綺麗な肌だ。白くて、きめが細かくて……」

つ…、と鎖骨を指でなぞり、感嘆した様子で呟いた。

今まで、山育ちのくせになまっちろいと言われることはあってもそんな風に褒められたことなどなかったから、恥ずかしくて、どうしたらいいか分からなくなって……赤くなった顔を隠そうとうつむいた瞬間、ふわりと官能的な匂いが弥月の鼻をくすぐった。

「あ…ぁ……」

彼独特の匂いなのだろうか。その匂いを嗅いだとたん、カッと身体が熱くなるのを感じて息を喘《あえ》がせる。

龍偉の龍紋に触れ、彼の存在を強く感じながら、その匂いを嗅いでいると、身体の奥から熱い疼き

が湧き出してくる。

――どう……しよう……。

未知の感覚にうろたえ、胸を喘がせる。

腰に力が入らなくなってふらつく腰を逞しい腕に支えられ、そのまま弥月の身体は寝台へと横たえられる。

胸のできものを見下ろしていたかと思うと、うやうやしくくちづけられる。

まるで生まれたばかりの皮膚のように鋭敏に、這わされる唇の感触をありありと感じて、身体中に甘く痺れるような感覚が広がっていく。

他人にこんな風に触れられることなど今までなかったから、知らなかった。

皮膚と皮膚を触れ合わせるぬくもりで、胸の奥までじわりとあたたかくなって、気恥ずかしくもそわそわと浮き立つような、こんな感情が生まれるなんて。

「んぁ……ッ」

いつの間にか固くなり、ぷっくりと紅く尖った胸の先をつままれ、その鋭い刺激に弥月はビクリと震える。

「感じているのか？」

ふと、ひそめた声で龍偉が囁いてきた。

「え……？」

「ああ……苦しそうに震えて、張り詰めてきているな」

龍偉の指が確かめるように弥月の下腹部をなぞってきた。

「くぅ……っ。や、やめ……ッ」

慌ててその手から逃れようと、弥月は必死に身体をよじる。

けれど龍偉の腕の中でこのたまらなく本能を刺激する匂いに包まれて、否応なしに自分の中で淫らな欲望が頭をもたげてくるのを感じ、ふるりと背を震わせる。

「なるほど……これが、龍王の御子と情を交わす、ということか」

低くそう呟くと、龍偉は弥月の下履きを脱がせていく。

「やぁ……っ。ひぁ、ん……ッ」

させまいと慌てて裾《すそ》を押さえたけれど、龍偉に咎《とが》めるように胸の先をきつくつまれて、弥月はたまらず手を離してしまう。

その隙に下履きは脱ぎ落とされ、すでに痛いほどに勃ち上がり硬く張り詰めた己の下腹部があらわになって……弥月は呆然とそれを見つめる。

「ひぁ……っ、くぅ、ん……っ」

そのまま熱を帯びた下腹部へとじかに手を這わされて、その刺激に、欲求の高まった身体はそれだけで痺れるような快感を覚え、弥月の唇からは甘い声が零れてしまう。

「白い肌が紅く染まって……美しいぞ。弥月」

「んぁ……っ、こんな…、もぅ……見な…いでよぉ……っ」

昂ぶるばかりの自分の身体が怖くて、そんなさまを彼に見られていると思うと恥ずかしくて居たたまれなくて、弥月は悲鳴めいた声を上げた。

なのに弥月の意志を裏切り、龍偉の手の中で下腹部はどんどん熱を持ち、切ないほどに昂ぶっていく。

「恥ずかしがることはない。俺がお前を愛いと思うように、お前も俺を好ましく、愛しく思うからこそ、もっと欲しいと求め、その存在を深く感じるのだから」

艶めいた声で告げられた言葉に、弥月の胸に震えが走る。

「愛、しい……？　あんた、を……？」

混乱し、惑いに震える声は、今の自分の心境そのままを映し出していた。

「そうだ。弥月……」

怯えに喘ぐ弥月をよそに、龍偉はさらに熱っぽい声で囁き、昂ぶりを愛撫してくる。

――これが、愛しい、ってこと……？

快感でかすんだ頭の中が彼の言葉で埋め尽くされていって……羞恥とむずむずするような甘い感情が押し寄せてきて、カァッと全身が燃えるように熱くなっていく。

「だから弥月、もっと俺を感じ、欲しがってくれ」

「あ、ぁ…っ、黒龍さま、黒龍、さま……っ」

募る疼きに突き動かされるようにして、腰を揺らめかせると、龍偉は苦しいほど張り詰めた弥月の昂ぶりを擦り上げると同時に、もう一方の手で胸の尖りを刺激してきた。

「んぁ…っ、ふぅ…んんっ、くぅ……ッ」

すがるように龍偉の腕にしがみついて彼の匂いを嗅ぎながら、感じる箇所を愛撫される快楽に、弥月の頭が白く霞んでいく。

愛撫する彼の手の動きはどんどん熱を帯び、激しくなっていって、こらえきれず淫らな喘ぎが零れ落ちる。

自分に向けられる熱を孕んだまなざしに見つめられる中、限界まで昂ぶった身体に灼けつくような疼きが走って……弥月はびくびくと身を震わせながら達した――。


ぐったりと身を横たえ、弥月が快感の余韻に上がる息を整えていると、龍偉の手が伸びてきて、弥月の胸を撫でる。

「大丈夫か？　どうやら無理をさせてしまったようだな……すまない」

「へ…、平気だよっ」

淫らな姿をさらしてしまった恥ずかしさで彼の顔が見られなくなって、弥月はぶっきらぼうにそう言うと、胸を這う手と視線から逃れようとそっぽを向く。

「本当か？　……顔を背けていては分からぬ。顔を見せてくれ」

龍偉はどこか焦りを感じる口調でさらに問いながら、顔を覗き込もうと身を乗り出してきた。

「〜〜…ッ」

ますます赤くなってしまった顔を見せまいと、広い寝台を転がるようにして彼から距離を取ろうとする。

けれど慌てたせいで勢いがついてしまって、落ちそうになった弥月の腰を、間一髪、龍偉がつかみ、支えた。

「危ないぞ。……まったく、床に頭でもぶつけたらどうするつもりだ」

あくまで身を案じる彼の言葉に、じわりと弥月の胸が熱くなる。

山では自分で身の回りのことをしなくてはいけない。木から落ちたり坂道で転んだりするなどは日常茶飯事で、そんな時はただ、一人うずくまって痛みをやり過ごすしかなかった。

こんな風に自分のことを心配してもらえたのは久しぶりで……くすぐったいような、気恥ずかしいような、変な気持ちだった。

「……ごめん。ありがと……」

おずおずとそう言った弥月の顔を、龍偉が覗き込んでくる。

「ん？　また顔が赤くなってきたな。熱でも出たのではないか」

龍偉はそう言うと、弥月の前髪を掻き上げておでこに手を当て、顔を近づけてくる。

「ほ、ほんとに、大丈夫だってば…っ」

彼の体温を感じると、胸や下腹部、身体の敏感な場所を撫でられ、くちづけられたことを思い出して、頬が熱くなり、ドキドキと鼓動が高鳴ってしまうのに。

なぜか息が苦しくなって、本当に熱が出てきたんだろうか、と戸惑っていた時、きゅるん、と弥月のお腹が大きな音を立てた。

「ふむ。そういえばゆうべから何も口にしていないのだったな。早速食事を運ばせよう」

居たたまれずに身を縮める弥月を見やり、龍偉は部屋の外に控えていた女性を呼ぶと、食事の準備をするように命じる。

「床は固い石だから、転ばないようにな。至急、床に毛織の絨毯を敷くように手配するとしよう」

龍偉はそう注意しながらまだ力の入らない弥月の腰に手を回して支え、広い机の前にある長椅子へと座らせると、自分もその隣に腰かけた。

「ありがと……あのさ、ここはどこなの？」

うやうやしく扱われることにどうにも慣れなくて、弥月は落ち着かない気持ちで部屋を見渡しつつ、問いかける。

「ここは俺が治める龍国の黒龍領の城の貴賓室だ」

「龍国……黒龍領……」

さらりと告げる龍偉に、弥月は戸惑いにかすれた声で呟いた。

龍神を祀る神社で育ったけれど、まさかこの世に龍の国があるなんて。目の当たりにしている今もまだどこか信じられない思いで、その雄々しく整った相貌を見上げる。

――この人は、王子さま……なんだよな？　なのにどうして、オレみたいなのにこんな、優しくしてくれるんだろう。

『龍の御子』とかご大層な名前を告げられたけれど、どう考えてもなにかの間違いとしか思えない。

突然のことに不安になって、ぐるぐると考えを巡らせていたけれど――扉が開き、給仕たちが様々な料理を手に現れたとたん、湯気に乗って食欲をそそるいい香りがあたりにふわりと漂って、弥月は思わずごくりと唾を飲んだ。

「さあ、どれでも好きなだけ食べるといい」

広い机にずらりと並べられた料理の数々。基本、山で採れるものだけを食べていた弥月にとって見たことのないものばかりだった。

「こ、これ、なに？」

すぐ傍にあった薄黄色の物体に鼻先を近づけ、クンクンと匂いを嗅ぎながら恐る恐る尋ねる。

「乾酪《チーズ》だ。食べたことがないのか？」

隣で優雅な仕草で銀食器を使いながら問いかけてくる龍偉にうなずきつつ、自分の無知さが恥ずかしくて、弥月はもじもじとうつむいた。

「御子様。これは山羊の乳に分離させた油分や乳清を加えて作ったもので、甘くて初めてでも食べやすいと思いますよ」

料理長と名乗る男性もそう勧めてくれるから、怖々と銀食器を手に取ってみたものの、使い方が分からなくてそのまま固まってしまう。

めちゃくちゃお腹が減っているのに。とても美味しそうな匂いのする食べ物が並んでいるのに。

どうしたらいいか分からず、泣きたい気持ちで料理を見つめていると、龍偉はふいに銀食器を置き、乾酪を手でつまんで、口元へと近づけてきた。

「ほら。口を開けてみろ」

そう言われて、戸惑いながらも口を開くと、乾酪を食べさせてくれる。すると、

「……ッ、うわぁ……」

口に含んだとたん、もっちりした弾力と、濃厚な甘味と塩味が絡み合い口いっぱい広がって、まるで菓子のような味わいに、弥月は思わずうっとりとしてしまった。

「御子様、乾酪がお好きでしたら、こちらもぜひ食べてみてください。これはヤクの乳で作ったやや塩味の強い乾酪でして、こうして炙るととろりとして、麺麭《パン》はもちろん、肉にもよく合うのですよ」

料理長は説明しながら壺の中に入った炭で起こした火の上で、金串に刺した乾酪を回すようにしてじっくりと炙っていき、じわじわと表面がとろけだしたのを見計らって、龍偉と弥月の皿に載せた。

「これは熱いからゆっくりと食べるんだぞ」

龍偉はそう言いながら再び手にした銀食器で肉をきれいに切り分けると、とろけた乾酪をたっぷり絡めた肉を弥月の口元に持ってくる。

「う、うん……」

なんだか小さい子供みたいで、気恥ずかしくなりながらも口に入れ、はふはふと熱々の肉切れを飲み込むと、

「うま…っ。なにこれ、すごい美味いよっ」

噛むたびにじゅわっとあふれる肉汁と、とろりと芳醇な乾酪の塩気とコクが合わさった旨味に感動して、弥月ははふ、と満たされた吐息をつく。

並んだ料理はどれも素晴らしいものばかりだった。

香辛料の効いた肉料理には、果実と砂糖を加えた甘酸っぱい惣酢《ソース》がかけられ、ふかふかの麺麭はまだあたたかくて香ばしいいい匂いがした。

新鮮な果実や、揚げ菓子を蜜漬けにした菓子まで並べられ、弥月は目を輝かせた。

「ずいぶん美味そうに食べるんだな」

「うんっ。こんなの初めてで……めちゃくちゃ美味しいよ！　葡萄《ぶどう》もさ、山のはちっちゃくて渋味が強いけど、ここのはすごくおっきくて、甘くてみずみずしくって……」

差し出されるままに次々にごちそうを頬張り、美味しいものでお腹が満たされる幸せに弥月はふにゃりと顔をほころばせた。

「御子様にお喜びいただいて、私どももうれしゅうございます。龍偉殿下がこんな風にゆったりとお食事を楽しんでくださるのを見るのも、初めてのことかもしれません」

料理長の言葉にハッとして周りと見回すと、給仕の人たちが驚きの表情や微笑みを浮かべてこちらを見守っているのが視界に飛び込んできて、弥月は気恥ずかしくなってうつむいた。

「そうか。……俺にとってはどれも食べ慣れた料理のはずだが、弥月が目をキラキラさせながら懸命に食べる姿が新鮮で、なんだか俺まで初めて目にするごちそうを食べているような気分になったからかもしれんな」

そんな周りの視線など気に留める様子もなく、龍偉がまた大粒の葡萄を口元に差し出してきて、フッと口元をかすかにゆるめた。

――あ…、笑った。

何気ない彼のその笑みに、なぜか胸がきゅうっと締めつけられて、思わず唇が震え、葡萄を零しそうになって、弥月は慌ててはむはむとくわえ直す。

飲み込みながら、龍偉をそっと見やる。

確かに、いまだかつてこんな美味しいものを食べたことがなかった。

けれどなによりも――誰かと食事するなんて久しぶりで、それが彼であることがうれしかったのだ。

ずっと自分を見守ってくれていた神社の天井画の黒龍が抜け出て、人の姿となって現れてくれたかのような、彼。

ずっと一方的に慕い、話しかけるだけだった黒龍さまとこうして話すことができて、触れることもできるようになるだなんて夢みたいで、胸がほわりとあったかくなる。

突然の常識を超えた出来事に戸惑う気持ちは消せないし、どうして自分がここに連れてこられたのかも、『龍の御子』というのがなんなのかも、分からない。

けれどできるならば、少しでも長く彼の傍にいられたら……そんなことを思いながら、弥月は細く震える吐息をついた。

＊＊＊＊＊

――龍の御子である弥月との出会いから、遡ること半年前。

現在の龍国の王である高昇《ガオシオン》の住まう龍王城。その荘厳な謁見の間に呼ばれた龍偉を始めとする、四人の王子たちは居住まいを正し、龍王のそのおごそかに語る声に耳を傾けていた。

「わしがもう、そう長くないのはすでに感じておるだろう。その証である『龍の御子』が年頃を迎えた」

大陸を統べる龍王として隆盛を誇っていた高昇も長寿な龍人の中でも最高齢となり、すでに全盛期の力は失って、後継者を決めなければならぬ立場となっていた。

龍の加護を受けるこの大陸を支配する龍国は東西南北、四つの領土に分かれ、それぞれの領土を支配する四人の王子が次期龍王候補だと言われている。

――古代、まだ龍国が四つの国に分かれていた頃、王族はそれぞれ異なる龍と契約し、交わることによって龍の強大な力を手に入れた。

その契約により、龍の因子が強く引き継がれ「龍型」へと変化することができるようになった始祖の性質を受け継いだ者が、それぞれ一人ずつ、必ず発現する。

始祖の姿そのままに生まれてくるその子供は、生まれながらにして『始祖の生まれ変わり』として崇められ、将来王となるべく、龍王の元で共に育てられてきた。

黒龍、白龍、赤龍、青龍、それぞれが契約した龍の名を冠した四つの国は、強大な龍の力を持つ『始祖の生まれ変わり』が王子として君臨することで、龍の恩恵を受け、資源豊かな豊穣の地を守ってきた。

ある時、いさかいの絶えなかった四つの国を憂い、天から遣わされた御子が舞い降りたという。

選ばれし一人の王が御子の祝福を受けて天下統一を果たし、『龍王』という名を与えられ、争い合っていた四つの国をひとつに平定したのが、龍国のはじまりだった。

その後、四つの国は龍国の領土となり、御子の加護を得た『龍王』の下、黒龍、白龍、赤龍、青龍がその座を受け継ぐ候補である王子としてそれぞれの土地を治めるのだ。

しかし平和と秩序を守る龍王がその力を失いつつある今、王座を得るために黒龍、白龍、赤龍、青龍、四つの領土は互いを牽制し合いつつも、また争いの火種を燃え上がらせようとしている。

だが、赤龍の王子は龍偉《ロンウェイ》の力を恐れ「龍王争いには加わらない」と宣言し、青龍の王子もまた、以前龍偉との戦いに破れ、事実上龍王候補から退く姿勢を取っている。もちろんそれを鵜呑みにしているわけではないが、恐るるに足らずと判断していた。

問題は……そう心の中で呟き、龍偉は自分と同じく高昇の御前に居並び、神妙な顔で高昇の言葉に耳を傾ける男の横顔を見やる。

白龍領の秀英《シウイン》――黄金色をした龍偉の髪と双璧の美を誇ると言われし銀色の髪、そしてその身に宿る野心を表す燃えるような赤き瞳をしたこの男は、龍偉にただならぬ敵対心を抱き、同じく次期龍王の座を狙っていた。

「龍の御子は人ながらにして、龍王の欠片を持つ特別な存在。龍の御子に認められ、龍王の証を得なければ龍王となることはできぬ」

「はい。心得ております、偉大なる龍王、高昇陛下」

大事な話があると告げられ、龍偉は「とうとう秀英と雌雄を決する時が来たか」と内心気持ちを昂ぶらせていたのだ。けれど――。

「しかし黒龍、白龍、赤龍、青龍、四龍の『始祖の生まれ変わり』であり、この国の王子であるお主らすべてに言えることなのだが……群を抜いた才覚、強大な力、国を統べる権力、それらを併せ持ち、長い時を経てきたお主らには、情、とりわけ愛情に乏しい。他者を慮るという感情が不足しておる」

高昇の口から出たのは、龍偉が心待ちにしていた「龍王をお主に譲る」という宣言ではなく、後継者候補たちの資質を案じる言葉だったのだ。

――情が……、足りない？

高昇から告げられた言葉に、龍偉は衝撃を受けた。

確かに、時に他者を切り捨て、戦いの果てに命すら奪ったこともあった。

それを非情というのだろうか。だがそれは自分に仕える側近や兵士をはじめ、領民のことを大局的に考えて、王子として為さなければならぬ義務だと判断したからこそだ。

それが他者を慮るという義務ではないのか。

そもそも高昇の言う『愛情』とはなんなのか。

初めて武力でも知恵でも解けない大きな壁にぶつかり、ぐっと眉根を寄せ天を仰いだ。

情などという曖昧な感情は、強力な力を持つがゆえに勢力争いの厳しいこの龍の世界で王子として すべきことを成し遂げるためには邪魔な存在でしかないと思っていた。黒龍領の王子として領土を豊かにし、自分の治める黒龍領を守るため、苛烈な戦いに王子である龍偉自身も身を投じ、今まで激しい攻防を制し、勝ち抜いてきたのだ。

完璧な容姿、武術や龍術、統率力に優れ、次期龍王の最有力候補だ――周囲からはそう言われ続け、龍偉本人もその自負と誇りがあった。

なのに、自身も優れた龍同士の争いを勝ち抜き、龍王となったはずの高昇は、龍偉のその資質に不足があるというのだ。

「高昇陛下、その欠けているという情をどのようにすれば見つけ補うことができるのでしょうか」

高昇の望む情というものを手に入れられるなら、どのような苦難でも乗り越えてみせる。龍偉はそう意気込み、高昇に教えを乞うた。だが、

「情というものは力では手に入らぬ」

力ずくで手に入るものならば、たとえどんな強敵であろうと挑み、戦い、手に入れてみせるのに。

そんな龍偉の心の内を読んだかのように、高昇はそう断言した。

「御子はこの大陸から遠く離れた、龍の庇護のない土地の人間だ。儚く脆い人の身でありながら、龍王の欠片を宿す龍の御子はお主らと正反対の存在と言える。彼の者を探すがいい。お主にその資格があるならば、御子はお主のいまだ知らぬ情を与え、注いでくれよう」

高昇の言葉の真意を量りかねて、龍偉は眉をひそめる。

龍偉も龍国以外の地に出向いたことがあるが、彼らは頼み事をする時は「龍神様」などと呼び、哀れなほど必死に敬い、すがってくるが、いざ願いが叶えばその恩などすぐに忘れ去る。それどころか弱さゆえに、見慣れぬ強大な龍人の力を恐れ、陰では化け物だの祟り神だのと罵りさえする。

そんなことが繰り返されて嫌気が差し、いつしか他の土地へ降り立つこともなくなっていた。

だが、自分に欠けている情とやらを、高昇は遠い土地に住む人間の子である『龍の御子』から得よ、というのか。

当惑する龍偉に、高昇は「そうだ」とうなずくと、

「そして選ばれし者もまた御子を心の底から愛し、真の愛を注ぐことができれば、御子の持つ欠片は充実し、完全な宝珠となるであろう。――それこそが、龍王の証となる。それを手にした者に龍王の座を譲ると誓おう」

厳かな声でそう言い渡した。

「承知いたしました、高昇陛下。ありがたきお言葉、深くこの胸に刻みましょう」

懊悩を抱える龍偉をよそに、粛々と秀英はこうべを垂れてそう言い切った。

まったく動じることのないその態度に、秀英は成し遂げる自信があるのかと、龍偉は焦りにグッと眉根をきつく寄せた。

秀英は確か、龍偉以上に人間に対して良い感情を持っていなかったはずなのだが。……いやむしろ、虫けらほどにも関心がない、といったほうが正しいのだろうか。

しかし秀英にどんな心積もりがあろうと、譲るつもりなどさらさらない。

自分が龍王になれば、この領地全体の位が上がりさらに豊かになる。兵や側近たちも龍王の部下として重要な地位に就く。そのうえ龍社会では位が上になるほど寿命も長くなる。

長年黒龍領を支え尽くしてくれた長老や側近たちに、その恩恵を与えることこそが黒龍の『始祖の生まれ変わり』として生まれた自分の最大の責務だった。

なればこそ、自分以外の者に龍王の座を渡してなるものか。そう闘争心を激しく燃え上がらせ、龍偉は高昇を見据えた。

――そして八方手を尽くして、ついに龍偉《ロンウェイ》は欠片を胸に宿す『龍の御子』、弥月の存在をいち早く探し出し、自分の領地に連れてくることに成功したのだが……かといって、油断することはできなかった。

秀英《シウイン》がこのままおめおめと引き下がるとは、とても思えない。

弥月を奪われてしまうことを警戒して、城内の堅牢な石造りの部屋に住まわせることにしたのだが、それでも安心などできない。

御子である弥月と接していく中で、自分がいまだ知らぬという彼の情を一身に受けるようになるためには、いったいどうすれば良いのか。

そして弥月の中に眠る龍の欠片を充実させるには、龍偉自身が情を注がなければならないというが……あまりにも曖昧すぎて、どのようにすればそれを成し遂げられるのか、いまだ手探りの状態が続いている。

今も龍術学の研究者や学者たち、長老などの知恵も借りて確実な方法がないか調べているが、それぞれの持論がぶつかり合い、確かな決め手に欠けている。

問題はその日まで、どうすれば弥月はなるべく人目につかないように大人しく自分の手元に居続けてくれるか、ということだった。

山で自由に走り回っていた彼を、ずっと部屋に閉じ込めておくことは難しい。気を抜けばすぐ外に出たがり、最上階の部屋から窓を覗き込んだり、手すりから身を乗り出したりして、何度もハラハラさせられたのだ。

外に出れば、その分秀英たちに目をつけられる危険が増える。かといって強引に閉じ込めたりすれば心身の健康を損なうだろうし、横暴だと悪感情を持たれかねない。

自分のところから逃げ出したくならないようにするには、どうすればいいのだろうか。

御子を無事自分の手元に連れてこられたのはいいが、今度はその扱いに頭を悩ませていた。

今までどんな強敵が相手でも、臆することはなかったし、勝つという自信があった。だが……相手が大切な御子である弥月となると、まったく勝手が違って、戸惑うことばかりだ。

『龍の御子』ということで様々な準備をし、緊張して迎え入れたのだが……その態度は、龍偉たちの予想と大きく違っていた。

今まで相当粗末な生活をしていたらしく、料理を出せば感動に打ち震え、とりあえず急遽用意しただけの衣装にも「オレにこんな綺麗なのもったいないよ」と申し訳なげにする。

龍王の資質があるかどうかを見極めるという『龍の御子』ならば、こちらを試すためにどんな無理難題をふっかけてくるのだろうかと身構えていたのに、拍子抜けするほどに弥月は無欲で、素直だった。

そして――人肌の温もりを知らなかったらしいその身体は、触れ合うことに怯えを見せながらも、ひとたび触れると過敏なほどに反応し、龍偉の肌の温もりを求めた。

最初、弥月に触れたのは純粋に、『龍の御子』の証である欠片に触れてみたい、という思いからだった。

しかし触れた瞬間、吸い付くような肌の感触、そして激しくなる弥月の鼓動を感じて、腹の底が熱くなるような感覚に陥った。

弥月の胸の欠片もまた、触れるほどに赤く光り、まるで熟れていくように輝きを増す。

もしかして、高昇の言う「情を注ぐ」とは、情を交わす行為――――いわゆる「情交」、ということなのだろうか。

そんな思いがよぎり、衝動に流されそうになる自分に、焦ってはならぬ、弥月に悪感情を持たれてしまえば元も子もなくなるのだぞ、と言い聞かせ、己の浅はかな考えを戒める。

自分とは違う、脆い身体。

――――この細い手首をどれくらいの力でつかめばいい？　どんなことをすれば、弥月は喜ぶのだろうか？

今まで考えもしなかったことを思う。それはもどかしく、戸惑うことばかりだった。

取りあえずは弥月の様子と欠片の変化を見ていくしかない。

そう自分に言い聞かせ、今日も午前中の行事を早々に終わらせて弥月の様子を見に行くと、部屋は真っ暗だった。

「弥月」

呼びかけてみたが返事がない。一瞬いなくなったのかとヒヤリとしたが、龍術で手のひらに炎を発し、視界を巡らせると、寝台の布団が丸まっているのに気づく。

なぜ灯りも点けずに暗闇の中でいるのか不審に思いながら、傍にあった燭台に手のひらの炎を移して灯りを点し、寝台へ近づく。すると布団の山がもぞもぞと動いて、弥月が顔を出した。

「あ、黒龍さま。……おはよう」

龍偉に気づいて、眠そうな目を擦りながら弥月は寝台を下りると、正座して拝むように挨拶する。

聞けば、弥月は黒龍を祀る神社に住んでいたらしい。

『龍の御子』である彼が黒龍と縁ある神社にいたこと自体、意味があるとしか思えない。自分が一番に見つけられたのは必然だったのだ。やはり自分は龍王として選ばれし存在なのだと誇らしい思いだった。

「そろそろ昼だぞ。昼食の用意ができているらしいが、食べられるか？」

「うんっ」

腹が空いていたらしく元気に返事する弥月を連れ、食堂へと向かう。

世話係の侍従たちに食事の作法も教わっているらしいが、まだまだ弥月の食器の使い方はおぼつかない。食べ物を皿の外へ転がしてしまったり、食器を床に取り落としてしまったりと、とても行儀が良いとはいえない。

なのに、つたないながらも懸命に慣れない食器と格闘しつつ、やっと口にできた料理を幸せそうに頬張る姿に、なぜか見入ってしまっていた。

どれも食べたことのある料理ばかりのはずなのだが、そんなにも美味いものだっただろうか。

弥月の唇の端に、木苺の惣酢《ソース》がついているのを見つけ、思わず手を伸ばす。

「あ…、ご、ごめん、ありがと。まだうまく食べられなくて――」

食べ零しに気づいたのか、申し訳なさそうに言う弥月の唇へと顔を近づけると、そのまま口元についた惣酢を舐めてみる。

「ひゃ…ッ？」

すると小さな声を上げ、弥月は身をすくめた。

「な、なにしてるんだよ……っ」

「あまりに美味そうに食べるから、どんな味がするのかと思ったのだが……駄目か？」

真っ赤になってうろたえる弥月をまじまじと見つめ、問う。

御子である弥月のことを色々と知りたいのだが、嫌悪感を抱くようであれば気をつけなければ。

「だ、だめ、ってことはないけど。でもさ、だったら皿のを食べなよ」

だが弥月はそう言って困ったような顔をするものの、嫌がる様子はない。

「皿に載っている料理の味など、すべて知り尽くしている。今、弥月が感じている味を知りたいのだ」

実際、弥月のなめらかな肌とぬくもりと共に口に含んだそれは、いつも食べているものとは少し違う気がした。

「なにそれ……変なの」

弥月はクスッと笑う。

少し濡れたようにほの赤く光る唇になぜか胸が騒いで、指でなぞると、そのやわらかく弾力のある感触が伝わってきて……引き寄せられるように顔を近づける。

「ま、まだ、なんかついてる？」

恥ずかしそうに呟いて口元を擦る弥月に、ハッと我に返った。

「――いや。口寂しそうだと思ってな」

誤魔化すようにそう言うと、好きだと言っていた葡萄の粒をつまんで口元へ近づける。

すると弥月は気恥ずかしげにこちらを窺いながらも、どこかうれしそうにそれを頬張った。

まるで餌付けのような行為を繰り返しながら、差し出す料理に無邪気に口を開け、美味しそうに食べる弥月を見ていると、今まで味わったことがないような変な気分になってくる。

出会って間もない、しかも自分のような者に、よくもこう無防備になつけるものだ。

『黒龍』の性質を引き継いだ龍偉は、始祖が四大龍の中でももっとも獰猛で冷酷であったことから畏れられており、その力を暴走させぬよう常に理性的であるように求められ、育ってきた。

初めて弥月と食事をした時、その不器用さに見かねて龍偉が手伝うのを目の当たりにした周りの者は、さぞ驚いたことだろうと思う。

まさかあの『黒龍』が、他人の世話を焼くとは。

皆の視線から、そんな内心の動揺を感じていた。もちろんそれは『龍の御子』相手だからこそだと、皆も納得はしていたようだが。

弥月のこういった無邪気な反応は、そういったこの国の常識に対して無知であるがゆえだとは思うが、不思議と悪い心地ではなかった。

気づけば皿は空になっており、弥月は手を合わせ、「ご馳走さまでした」とお辞儀すると、満面の笑みでこちらを見上げてきた。

その幸せそうな表情に、ただ見ていただけなのに、何となく自分まで満足したような気分になってしまう。

「美味かったか？」

そう訊くと、弥月はうん、と大きくうなずく。

「もう少しするともっと採れる果物の種類が増えて、色々と食べられるようになるぞ」

そう言うと、弥月は「本当？」とうれしそうに笑った。

やはり引き留めておくには食べ物が有効のようだ、と心の中で呟きながら、汚れた手を布で拭う弥月を見やる。

その指は細く、綺麗な形をしていた。

山での生活では荒仕事もしていたのだろう。なのに彼の肌は白く、きめ細かい。

やはり『龍の御子』である弥月は普通の人間とは違うのだろう。

――黒龍、さま……？

山から連れてくる時、黒龍へと姿を変えた自分を見つめ、そう言って微笑んだ。

龍の存在に慣れていない人間たちは、いざ龍人を目の前にすると、自分たちとは違う異形の存在として恐れるものなのだが。

しかし、弥月はそんな輩とは違い、本心から龍の存在を信じ崇拝しているようだ。

しかし弥月から尊敬や崇める気持ちは引き出せても、その情を得るためにはどうすればいいのか。情を注ぎ、注がれるというのはどういうものなのか。愛情とはなんなのか。

今まで身体を重ね互いに快楽を与え合う方法しか知らなかった自分には、雲をつかむような話だった。


――ならば、弥月にも同じようにすれば良いのではないか？


そんな思いが脳裏をよぎり、ざわりと胸がざわめく。

おそらく今まで人と交わる快楽など知らなかっただろう、無垢な身体。

優しく抱き締め愛撫して、快感を覚え込ませれば、自分を愛するようになるのではないだろうか。

弥月をここに連れてきた日、龍偉が触れるとまるで身体に刻まれた黒い龍紋に反応するかのように、御子の証である胸の欠片が紅く輝きを増し、熱くなった。

弥月に戸惑った顔を向けられた時、一瞬、龍偉の中に芽生えた獰猛な衝動を見抜かれたかとドキリとした。

だが弥月もまた、触れられるたびに身体を熱くして、過敏に反応してしまう自分にうろたえているだけなのだと気づいて、龍偉の中に渦巻く獰猛な熱はさらに昂ぶりを増した。

『龍の御子』である弥月が、自分に反応している――それは、この龍偉こそが次の龍王であるという証に違いない。

そんな誇らしい気持ちと、手っ取り早く弥月を自分のものにしてしまいたいという狂暴な衝動が腹の底から突き上げてきた。

しかしあまりに初心な反応と、龍偉の背にしがみつく弥月の、少し力を入れれば折れてしまいそうな細い指の感触に、すんでのところで踏みとどまったのだ。

「――――黒龍さま？」

弥月の声に、龍偉はハッとして物思いから覚める。

「……そろそろ、部屋に戻るか」

そう言うと、弥月の手を引いて部屋へ連れていった。

「あの、さ……他のところにも行ってみたいんだけど」

部屋に入るとおずおずとそう尋ねられ、龍偉は眉間に皺を寄せる。

「……まだ駄目だ。身体が本調子ではないだろう」

「いっぱい美味しいもの食べさせてもらったし、よく眠れたから、もう大丈夫だよ」

「駄目だ。大人しく休んでおけ」

なおも言い募ろうとする弥月を寝台へと引っ張っていく。だが、抗い、自分の腕から抜け出そうとする弥月に、龍偉の胸の中にじりじりと焼けつくような焦燥感が突き上げてくる。

「まだ眠くないってば……！」

弥月が自分を龍王として選び、『龍の御子』である彼を自分のものにしたと実感できなければ、ずっと他の王子に奪われる不安は付きまとう。

慎重に見守ろうと思いながらも、ただ見ているだけでは埒が明かないと、龍偉はどこか急くような思いで弥月を抱き寄せた。

そのまましなやかな身体を強引に寝台の上に押し倒してその上に覆い被さると、

「ならば…、俺の相手をしてもらおうか」

龍偉は艶のにじむ声でそう囁く。

「え…っ」

弥月はポカンとした表情で固まっていたが、上衣の留め具を外され、前をはだけられて、驚きに声を漏らす。

「ちょ…、ま、待って……！」

さらにあらわになった胸元へと手を這わせると、恥ずかしげに顔を紅くしてうろたえる。

「どうした、身体はなんともないのだろう。それとも……俺に触れられるのは嫌か？」

邪魔な両手を押さえ、胸を露わにすると、龍偉はその白い胸元へと顔を近づけた。

「い、いや……ってわけじゃない、けど……」

顔を赤くしてくちごもる弥月の手首をつかむ。

その肌はやはり抜けるように白く、つかんだ手首は折れそうに細い。

壊さないようにしなければと自分に言い聞かせつつ、緊張と羞恥に震える弥月の胸へと、そっとくちづけた。

「……ぁっ」

弥月が小さく息を詰め、胸の欠片の光が薄い皮膚を通して息をするように瞬く。

その輝きに誘われるようにして、肌越しに欠片へと唇を這わせると、弥月の温もりと相まって心地いい熱がじわじわと伝わってくる。

身体の内側から熱が込み上げてきて、ねっとりと舌で舐め上げてやると、震えるような吐息をつく。

くちづけを繰り返しながらふと弥月の顔を見やると、その表情はさっきまでの少年のあどけないものから徐々に色めいたものに変化しつつあった。

その初々しいがゆえにどこか背徳感を覚える色香を帯びた表情に、身体の内側にきざした熱がさらに煽られ、さらに胸にある淡い尖りへと舌を這わせた。

「あぅ…っ」

弥月はビクリと反応し、悲鳴のような声を上げたが、構わず小さな粒を舌で転がし音を立てて吸う。

「くぅ……だ、だめ……そこ……っ」

込み上げる情欲を押し殺そうと、弥月は頬を上気させ、切なげに眉をひそめる。

無邪気な少年の顔が、羞恥と困惑に戸惑いながらも何とも艶めいた表情へと変貌していく。

この未熟で、それでいて感度の良さそうな身体が、龍偉に与えられる快楽でどんな風に変わっていくのか。そのさまをもっと見てみたい。

そんな狂暴な欲求が突き上げてきて、龍偉はブルリと肩を震わせた。

「乳首まで物欲しそうに突き出して、震えているぞ」

「ひぁ……！」

龍偉の指が、弥月の胸の尖りをつまみ上げたとたん、弥月はビクン、と背を反らせ、目を見開いた。

「ほら……少し触れただけでこんなに固くしこってきた」

さらに弥月の胸の先をやわやわと刺激していくと、必死に声をこらえようと噛み締めた弥月の唇から、官能の吐息が零れ出す。

「ぁ…っ、だ、駄目……もぉ…そこ…触ら、ないで……んあぁ……っ」

胸の先を撫で転がすと、弥月は切なげな喘ぎを漏らし、身をくねらせた。

「ん…？　感じすぎてつらいのか。それとも……舌で可愛がって欲しいのか…？」

そう言うと龍偉は弥月の身体を抱き上げて、紅く腫れた胸の尖りに顔を近づけ、舌を絡める。

「くぅ…っ。や…、あぁ……んっ」

しゃぶりつくように淫らな水音を立てて乳首を舐め上げたとたん、弥月の抗いの声まで濡れて、とろけていく。嫌だと拒んでいるはずが、まるでもっともっとと求めているようにしか聞こえなかった。

「すっかり乳首が感じるようになったみたいだな」

「違…っ」

「違わないだろう。ふっくらと紅く色づいて存在感を増して、まるで愛撫してくれといわんばかりに突き出しているくせに」

「んあぁ……んっ」

含み笑いと共にそう言って胸の先をきつくつまむと、唾液に濡れた尖りは強い刺激にも快感を覚えるようになったらしく、弥月は艶めいた声を上げる。

頬を桜色に染め、白い肌に紅く淫らな蕾を膨らませたその艶姿に、

「弥月……お前は、俺だけを求めていればいい」

低く艶のある声で、荒ぶる衝動のままに言葉を吹き込むと、弥月はふるりと背を震わせた。

「俺でなければ満たされぬのだと、身体に思い知らせてやろう」

無垢な身体にこの手で快感を教え込むことに、背徳めいた愉悦を覚える。それと同時に、こうやって快楽を刻み付けることで、自分の傍から離れられなくなるのではないか……そんな昏い思いが龍偉の中に湧き出してくる。

弥月の下履きに手をかけ、その身に覆うものすべてを取り払った。

「……ぁぁ」

弥月は観念したようにギュッと目を閉じた。

羞恥に固くし、朱に染めたその裸身に目が引き寄せられる。

――何とも初々しくも、艶かしい……。

細いながらもしなやかな筋肉に覆われた肉体、きめ細かな肌は手のひらにしっとりと吸い付くようだ。

女のふくよかさ妖艶さとは程遠い少年の身体なのに、なぜかたまらなく情欲をそそられてしまう。

頭の片隅では焦ってはいけないと思うのに、手は自分の意思に反して弥月の肌から離れようとはしない。

もっともっと触れていたい、弥月の羞恥と快感にゆがむ顔を見たいと、下腹部へと手を伸ばす。

「あ、あぁ、だめ、だよ……っ」

泣くような声を上げ、身体が跳ねた。

「もう反応しているぞ。素直になればいい」

握っただけで芯を持ってきた昂ぶりを手のひらで擦りながら、感じやすい身体をからかってやる。

「黒龍…、さまぁ……っ」

舌足らずに呼ぶ声に煽られ、もっと啼かせてやろうと硬くしなってきた性器を強弱つけて擦り、愛撫する。

「あ……ぁっ、どうしよう……また、変な感じに……っ」

押し寄せる快感に戸惑い、弥月は息を弾ませながら泣きそうな顔をする。

快感を得ることに困惑している様子も、湧き上がる愉悦に逆らいきれずとろりと恍惚の表情を浮かべるのも、たまらなく龍偉の中に眠る雄の征服欲をそそった。

――もっともっと愉悦に身悶えればいい。俺の手に堕ちればいい。

龍偉が与える快感を素直に受け取り、感じるままに表情に出し色っぽく変わっていくさまを間近に見ていると、そんな欲望が込み上げてくる。

龍偉が弥月の太腿の間に手を挿し込むと、彼はハッとしたように目を見開き、身体を固くする。

「んぁ…っ、えっ、や、ぁ……っ」

うろたえながら逃げを打つ弥月の腰を押さえ、そのまま龍偉は双丘の狭間に息づく蕾へと触れた。

「男同士は、ここでつがうらしい……知っていたか？」

「ッ……!?」

龍偉は荒い息交じりにそう耳元で囁きながら、寝台の棚から香油を取ると、双丘の狭間へとたっぷりとたらし、後孔のふちを指でなぞる。その感触に弥月の身体はビクリと震え、見つめてくる瞳が潤んでいく。

「嘘ではないようだな。誘うようにひくついて、指に吸い付いてくる……」

龍偉は指を中にもぐり込ませると、その感触にゴクリと喉を鳴らした。

「う、嘘、だ……そんな……」

欲望をにじませた囁きを落とすと、弥月はその細い腰を震わせ、ふるふると首を振った。

そのしどけない姿に、下半身が熱く疼きだす。

愛撫だけで過敏な反応を見せ、乱れるこの身体。自分の昂ぶりで貫き、啼かせて、快楽の深淵に堕としたら、いったいどんな表情を見せるのだろう――そんな獰猛な欲求が頭をもたげてくる。

「や……ぁ……んんっ。……あぁ……黒龍、さま……っ」

その言葉を裏付けるように、弥月の後孔は龍偉の指を慕い、中へと迎え入れる。秘所に与えられる快感を享受して、とろけるような甘い声で自分を呼ぶ。

「身体はこんなにも淫らで素直なのに、恥じらいを忘れない……お前は本当に愛いな」

触れられるたび、貪欲に快感を求めて疼きを増す。そんな淫らで罪深い自分の身体を恥じる弥月を抱き寄せてそう囁くと、見上げてくる大きな瞳が潤み、その目尻に涙の粒が浮かぶ。

弥月が乱れるさまを見つめていると胸が苦しいほど高鳴り、身体が熱く火照る。興奮に龍紋がざわりと蠢いて、渦巻く欲望に下腹部は猛々しく昂ぶり、張り詰めていくのを感じていた。

「んぁ……っ」

内奥を刺激される淫靡な感触に軽く極まったのか、弥月の唇から艶かしい声が漏れた瞬間、目が合って、その大きな瞳が羞恥に潤む。

固くした身体をよじり顔を真っ赤にする弥月の脚を強引に開き、覗き込むと、

「ああ……白くなめらかな内腿の中央で、蕾がひくひくと震えて紅い内奥が見え隠れしているな。なんと淫らで、可愛い……」

龍偉はその光景を見つめ、感嘆の吐息を漏らす。

恥ずかしい箇所を間近で見つめられ、さらに淫猥な己の身体の反応を突きつけられ、弥月の全身が薄桃色に染まり、小刻みに震えた。

その初々しくも婀娜な痴態に、こらえきれず、龍偉は自分の下履きの前をくつろげてはち切れんばかりに昂ぶった自分の欲望を取り出すと、弥月の身体に覆い被さった。

「ひぁ…っ、やぁ……」

猛々しさに怯えた声を漏らす弥月の腰をつかみ、自身の昂ぶりをやわらかな双丘の狭間にもぐり込ませ、馴染ませるように後孔のふちに擦りつける。熱を持って濡れた粘膜同士が、くちゅくちゅと淫靡な音を立てて擦れ合う生々しい感触に、痺れるような快感が込み上げてきた。

「んぁ…っ、やぁ…、くぅ…んっ」

たっぷりと香油で濡らした内壁を指でこねるようにして愛撫し、押し拡げると、弥月の口からは次々に甘い声が零れ落ちた。

「……あぁっ、黒龍、さま……ッ」

ほどなく弥月は舌足らずな声で龍偉の名を呼びながら、手の中に吐精した。

素朴な少年だと思っていた弥月が、匂い立つような色気を全身に纏《まと》いながら快感の波に震えているさまに、龍偉は思わず息を呑んだ。

その鮮やかな変化に驚き魅せられながら、龍偉は弥月の目じりに溜まった雫を唇で吸い取る。

そしてやわらかなくちづけの感触に震える弥月を抱き締めた。

「あぁ……ごめん、なさい……」

はしたなく龍偉の手を汚してしまったことを恥じ、弥月は粗相をした子供のように謝る。

快感に翻弄されてぐったりとした様子で、弥月は大きく胸を喘がせ、黒い瞳に涙を浮かべたまま、薄紅色に染まった裸身を無防備にさらしていた。

性の悦びを知って身体に漂う艶やかな色香と、初心な態度の落差に、目眩がしそうだった。

このまま獣の衝動に身を任せ、この華奢な身体を貪りたい。……だが。

——自分が欲情して、どうする。

そう胸の内で呟き、さらに暴走しそうになる自分を戒め、なんとか身体を離した。

弥月に好意を持たれなければ、ただ身体だけ手に入れるのでは意味がないのだ。

眉一つ動かさず冷静な顔のその下で、本能と理性がせめぎ合い、龍偉は己の胸の内に抱える葛藤を深めていた。

大きく深呼吸をして、くすぶる欲望を腹の底に収めると、

「……謝る必要などない」

恥ずかしそうに衣服を掻き合わせている弥月の背を抱き締めながら、龍偉は狂暴な欲望を押し隠し、そう言って紅く上気した頬へとくちづけを落とした。

＊＊＊＊

「ん……ぅ……」

眠りから覚めて弥月が目を開けると、もうすでに太陽は高く昇り、窓の外には青空が広がっていた。

だらしなく寝ていてはいけないと、急いで起き上がった。

「あ……そういえば、ゆうべ……」

昨夜の記憶がよみがえって、思わず赤面してしまう。

――まだ、敷布《シーツ》に黒龍さまの温もりと匂いが残ってる……。

その匂いを感じた瞬間、胸がギュッと引き絞られるように苦しくなって、弥月はその不可思議な感覚に戸惑う。

まだ身体の中にわだかまる熱を冷まそうと、弥月は窓を開けた。

窓の外に広がる山々や森が見えて、思わずため息をつく。

「……外に出たいなぁ」

木に登ったり、石ころだらけの山道を走ったりしたい。けれど、そう願い出ても龍偉《ロンウェイ》にうまくかわされてばかりだった。

どうしてなんだろう、と考えていると、ふいに扉を叩く音が聞こえてきた。

龍偉だろうか、と急いで扉を開くと、初老の男性の姿が目に飛び込んできて、弥月はたじろぐ。

「初めまして、御子様。私はこの城で侍従長を務めさせていただいております、晋平《ジンピン》という者でございます。今、入らせていただいてもよろしいでしょうか？」

「あっ、は、初めまして。オレ、弥月っていいます。その…、どうぞ」

どうしても長年植え付けられてきた他人の視線に対する恐怖は消えなくて、弥月は胸元で拳をぎゅっと握り締めて身構える。

「弥月様、そう緊張なさらないでください。まったく知らぬ土地にいらして、心細くお感じでしょうが……」

緊張して頭を下げる弥月に、老人は優しく微笑んでそう言った。

「お困りのことや、欲しいものなどございませんか？　なにかございましたら私めに何なりとお申しつけくださいませ」

「あ、ありがとう…、ございます」

晋平の丁寧な言葉遣いを真似て、弥月もたどたどしくお礼を言う。

「そんなに畏まらないでくださいませ。弥月様は殿下の大事な方なのですから、ドンと構えていてください」

緊張を解きほぐそうと語りかけてくる晋平の柔和な顔。どことなく、困ったように眉尻を下げて笑うその顔は、育て親の源次に似ている気がして、弥月の身体から強張りが解けていく。

「あの……じゃあ、晋平さんももっとくだけた感じで話して欲しいんだ」

思いきってそう申し出てみる。すると、

「私も、ですか？」

弥月の願いに、晋平は驚いたように目を見開いた。

「うん。そのほうが話しやすいし、うれしいんだけど……駄目、かな」

いきなりこんなことを言うのは、いくらなんでも馴れ馴れしかっただろうか。

不安に揺れる弥月の瞳を見つめたあと、晋平はフッと笑みを深めておもむろにこほん、と咳払いすると、

「……では、改めて。他になにかして欲しいことがあれば、なんでも言いなされ。この晋平じいじができうる限りのことをしてあげるからの」

やわらかな声でそう言って、くしゃり、と弥月の頭を撫でた。

龍偉に撫でられる時とはまた違う、いたわるように優しく頭を撫でられる感触に、弥月はふにゃりと顔をほころばせる。

晋平は城のことや弥月の世話係のことなどを話しながら、弥月にも話を聞いてきた。

聞き上手な晋平のおかげで、人に自分のことを話すのに慣れていない弥月も、自然と話ができた。

おじいちゃんがいたら、こんな感じなんだろうか。

そんなことを考えるだけで、なんだか胸がぽかぽかする。

「あのさ、もしかして、晋平じいじやこの国の人たちはみんな龍に変わることができるの？」

ふと気になって訊いてみると、晋平は「いいや」と首を振った。

「城に住む王族は一応皆、龍の血を引く龍人で、小さな翼龍や蛟《みずち》になれる者もいるが、立派な龍に変化できるのは正統な王の血を引く高貴な身分の方だけで、ワシなどは王族といっても血が薄いからのう。こうして首や腕などに鱗状の龍紋があるだけなんじゃよ」

そう言って、衿を広げ、袖をめくって見せてくれる。するとそこにはまるで肌に墨で魚の鱗模様を描いたみたいな龍紋があった。

「ワシたちが着ている衣服はゆったりとしていて、ほれ、首を隠すように衿も高いし、広めの袖が指先まであるじゃろう？　これは首や手足にある龍紋を保護する意味もある。我々にとって龍紋は大事なものだからのう」

そう説明する晋平に、以前、龍偉に龍紋を見せてもらった時の言葉を思い出す。

――龍の姿も龍紋も、本来、あまりこんな間近で人に見せるものではないのだが……お前だから、特別だ。

「あの……黒龍さまの龍紋、って、やっぱり特別なものだったりするの？」

「そりゃあもう！　殿下の龍紋は黒龍の血を継ぐ王子の証であり、黒龍領主としての証で、神聖なものなんじゃ。着替えや湯浴みを手伝う侍従も、不用意に触れぬよう細心の注意をしておるくらいだからの」

「そ…、そうなんだ」

龍偉の美しい龍紋に触れた時のことを思い出して、弥月は赤くなった顔をうつむけた。

特別だという言葉の重みを感じて、改めてその意味を噛み締める。

――黒龍さまがそんな風に言ってくれるのは、オレが、『龍の御子』だから？

特別だ、なんて言われたことがなくて、こんな風に大事にされたことがなくて……うれしいのに、なんだか怖かった。

「晋平じいじ……『龍の御子』って、なに？　いったいオレはなにをすればいいの？」

ずっと敢然と胸にわだかまる不安を打ち明ける。すると、晋平は表情を曇らせ、人の良さそうな八の字の眉をグッと眉を寄せると、

「……ワシにも、詳しいことは分からぬ。『龍の御子』のことは秘されていて、龍王様しか確かなことは知らないと言われておるんじゃ」

神妙な口調でそう告げ、静かに首を振る。

「龍王さま、ってどんな人なの？」

「龍王様は、偉大なるこの国の王。龍偉殿下をはじめとする、この大陸を四分する四つの領土の王子のさらに上に立つ存在であり、我々では拝謁《はいえつ》することすらできぬ、雲の上のお方なんじゃよ」

晋平の説明に、弥月は目を見開く。

大きな力と神々しさを持ったあの龍偉の、さらに上位の存在などと言われても想像もできなかった。

不安にうつむく弥月に、晋平はふいに表情をやわらげると、

「……じゃが、きっと貴方は貴方のままでいればいい。じいじはそんな気がするのじゃよ」

優しいのに、力強い口調でそう告げた。

「オレのままで……？」

呆然と呟く弥月に、晋平はにこりと微笑んでうなずく。

——オレらしい、っていったいなんだろう？

しばらく悩んだのち、弥月は顔を上げると、

「あの、晋平じいじ、お願いがあるんだけど……」

晋平を真剣なまなざしで見据え、おもむろに口を開いた。


晋平《ジンピン》に願い事をした翌日、龍偉《ロンウェイ》が弥月の部屋を訪れた。

「あれ？　服……なんかいつもと違うよね？」

いつもの絹の華美な衣装ではなく、色味を抑えた簡素な服を身に着けている。彼の持つ野性味を帯びた雄々しさと、研ぎ澄まされた凛々しさが引き立っていて、いつもの気品ある優美な雰囲気とはまた違うその姿に、思わずドキリとしてしまう。

「ああ、それなんだが……」

龍偉は少しだけためらうように言葉を濁す。

けれど、首をかしげて言葉を待つ弥月を見つめると、

「弥月。俺と街を歩いてみるか？」

改まった口調でそう切り出してきた。

「黒龍さまと…っ？」

「ああ。晋平に頼んだのだろう。もっとこの国のことを知りたい、外に出て、じかに色々なものを見てみたい、と」

龍偉の言葉に、弥月は「うんっ」と大きくうなずいた。

「でも、いいの？　黒龍さまって、王子さまなんだろ？　忙しいんじゃ……」

一応、弥月なりの目的はあるものの、黒龍領を治める王子である彼にとっては遊びのようなものだろう。そんなものに付き合わせていいのかと、どうしても引け目を感じてしまう。

「そんな心配などしなくていい。どうしても外せない公務があるならこんなことを言いはしないさ。……それにこれも、俺にとって大事なことだ」

「え？」

「……いや、こちらの話だ。とりあえず、出掛ける前に着替えてくれ。宮廷服は街では目立ちすぎるからな」

龍偉はそう言って、侍従に用意させた服を着るように勧めてきた。

白地に袖や裾に青色の刺繍でふちどりされた服は単純な作りだけれど、軽くて着心地がいい。

「動きやすくていいけど、胸の欠片の光が透けたりしないかな……」

「心配しなくとも、光を通さないよう何枚も布を重ねている。……その輝きを見るのは俺だけでいいからな」

胸をなぞりながら言う龍偉に、なんだか気恥ずかしくなって、弥月はうつむいて赤くなった顔を隠すと、「ありがと」とぼそりと呟いた。

「は、早く行こうよ！」

照れ臭いのを誤魔化そうと、弥月はそう言って身を翻し、玄関へと向かおうとすると、龍偉に手をつかまれて引き留められる。

「待て。外は陽差しが強い。お前の柔く白い肌にはきついだろう」

そう言って龍偉は弥月の頭にふわりと薄布を被せ、飛ばないように薄布の上から装飾具をつけて固定した。

「あ、ありがとう……」

こんな風に気遣われることに慣れてなくて、むずむずするようなくすぐったい思いに弥月はうつむいた。

「外ではくれぐれも城から来たことや、俺らの素性を明かしたりはしないようにな。王族はめったに街に降りたりはしないゆえ、下手に身分が知られたりすれば混乱を招きかねないのだ」

そう注意しながら、自身も見事な黄金の髪を隠すように頭布を巻き付け、結んだ先を横に垂らした。

「うん、分かった」

浮かれた気分を引き締め、弥月はうなずく。

晋平や見張りの兵士たちに見送られながら、龍偉に連れられて弥月は玄関の車寄せに停まっていた牛車へと乗り込んだ。

出入りの商人を装うために、二人が乗ったのは装飾もなにもなく麻布の簡易な幌がついているだけの牛車だったけれど、弥月にとってはかえって気兼ねなく、乗り物に乗って見知らぬ土地の景色を眺めるという初めての経験を楽しむことができた。

「うわぁ……！」

城が建つ山頂から険しい山道を抜けると視界が開け、緑鮮やかな草原が目に飛び込んできて、弥月は思わず歓声を上げる。

「ね、ちょっと降りてもいい？　この草の上を歩いてみたいんだ」

「ここで？　特になにもないところだぞ」

目を輝かせて言う弥月に、龍偉はいぶかしげに問う。

「なに言ってるんだよっ。空は青くて気持ちいいし、太陽の光で緑がキラキラして綺麗だし、鳥や虫の声が聞こえるし……いっぱい自然があるじゃないか」

力説する弥月に、龍偉はいまひとつ釈然としない様子で首を捻りながらも、御者に命じて牛車を停めてくれた。

牛車を降り、弥月は久しぶりに陽の光を浴びながら、やわらかな草を踏みしめて歩く。

標高の高い場所のようで、もうすぐ夏なのに遠くに見える山々の峰には残雪が白く輝き、濃い青空に太陽の光は強いけれど、空気が乾いているせいかそれほど暑くは感じなかった。

樹木の中になだらかで草が生い茂る斜面が続く。久しぶりに身体全体で感じる自然に、弥月の心は弾んだ。

「ああ……緑のいい匂いがする」

歩きながら両手を大きく広げて、胸いっぱいに爽やかな空気を吸う。

見慣れぬ草花が多いけれど、木々の間を通り抜ける風の薫りのすがすがしさは同じだった。

なだらかな坂道を上りきると、谷になった繁みの間から美しい色とりどりの花々が見えた。

「わぁ…！」

丘一面に様々な花が咲き乱れるその光景に、弥月は思わず歓声を上げて駆けだす。

「転ぶんじゃないぞ」

「うん！」

心配する龍偉に、手を振って応えた。

こんな坂道なんか、育ってきた山中の険しい山道や獣道に比べればなんでもないのに。それでも自分の身を案じてくれる言葉がうれしくて、駆ける足取りが自然と弾む。

「ああ…、綺麗だな。なんていう花なんだろ？　いい香り……」

花畑に近づくにつれ、甘く優しい花の香りが一段と強くなってくる。

わくわくと胸を躍らせながら走っていた足が、はたと止まる。

「あ……」

よく見れば花畑の奥には小さい子から弥月と似た年頃の少年たちが集まって、土を掘ったり草花を摘んだりして遊んでいる。

「弥月、どうしたんだ」

樹の陰で足を止めてしまった弥月に、龍偉が怪訝そうな顔をする。

彼らのはしゃぐ声に、幼い時の苦い記憶が突然よみがえり身体が固まってしまっていた。

「え…と、オレが近づいても、平気かな……」

幼い時、村の子供たちが自分を見て、龍神の祟りだ化け物だと、怯え泣きだす子や石をぶつけられた記憶が胸に突き刺さっている。その痛みはいまだ癒えず、人の群れに近づくのが恐ろしいのだ。

「堂々としていればいい。大丈夫だ。俺が見守っている」

「黒龍さまが……？」

「ああ」

見上げると、龍偉は力強くうなずいてくれる。

——黒龍さまが、見守っていてくれる……。

一人きりの神社での暮らしの中でも自分をずっと見守ってくれていた、天井に描かれた黒龍。他の誰でもない、その化身のような彼からそう言ってもらえたことが、弥月の心をジン…と熱く震わせた。

龍偉の言葉を胸に、弥月は勇気を出して花畑へと入っていき、不安と緊張にドキドキと心臓を高鳴らせながら、恐る恐る少年たちが遊んでいるほうへと近づいていった。

弥月と似た年の少年は草を掻き分けてなにかを探していて、その傍で小さな子たちはしゃがんで土を弄ったり、蝶々を追いかけたりして遊んでいる。

「あれ？」

足音に気がついたのか、小さな子が大きな声を出すと他の子たちも手を止めてこちらを見る。

一気に自分へと集まった視線にビクリとして強張る弥月に、遊びをやめた子供たちがぞろぞろと近づいてきた。

「お兄ちゃん、どこから来たの？」

小さな男の子が好奇心いっぱいの目で見上げながら尋ねる。

「え、えっと……遠くから。ここには行商で来たんだ」

出入りの商人を装っていることを思い出して、ぎこちなく弥月がそう言うと、一番年長らしい少年が身を乗り出してきた。

「へえ、俺らと同じだな。親父たち、このふもとの城下町に香辛料とか卸してるからさ、仕事してる間、弟たち見といてくれって頼まれたんだ」

よろしくな、と少年に手を差し出されて、思いがけないその反応に驚きに目を丸くしたあと、弥月はおずおずと手を近づける。

すると少年は弥月の手をガッと力強く握り締めると、

「チビばっか相手じゃ退屈でさ。時間あるんなら一緒に遊ぼうぜ！」

そう言ってニッと笑った。

「う…、うん！」

うれしくて大きく首を振ってうなずくと、少年は手を引っ張って花畑の奥へと入っていく。

「ええ〜！　僕たちも一緒に遊ぶっ」

子供たちも、弥月にまとわりついてくる。

「いいよ。みんなで遊ぼう！」

弥月がそう言うと、子供たちは歓声を上げる。

構ってもらえるのがうれしいのか、弥月の服を引っ張って話しかけてくる子や、摘んだ草花をくれる子、捕まえた虫を大切そうに差し出す子なんかもいた。

「なよっちそうに見えるのに、全然虫とか怖がらないんだな。扱いも慣れてるしさ」

「そりゃ、実際慣れてるからね。でもこんなに大きくて立派な虫、見たことないよ。花もいっぱい種類があって綺麗だしさ……すごいよね」

広い花畑には、雛芥子《ひなげし》によく似た花が咲き乱れ、百合《ゆり》の花も色とりどりたくさんの種類が咲いていて、百合といえば山百合しか見たことのない弥月には驚きだった。

「お兄ちゃん、この花畑初めてなの？」

「うん。こんなに見事な大輪の花を見るのも初めてだよ」

花畑の一段と高くなっているところには、赤や白の大輪の花が競うように咲き誇っていてその鮮やかさに、目が奪われる。

山にもあたたかくなれば色々な花が咲いたけど、これほどたくさんの色鮮やかな花を見たのは初めてだ。

まるで別世界のようで、きっと天国があるのならこんなところなんじゃないか、なんて思いが弥月の頭の中に浮かぶ。

鮮やかで色とりどりの花畑にはひらひらと蝶々が飛び交い、あたり一面にいい薫りを放っている。うれしくなって花に顔を近づけ、優しくてふくよかな薫りにうっとりとしていると、

「……花、好きなのか？」

こちらを見ていた少年がなぜか顔を赤くしてそう尋ねてきて、弥月はきょとんとする。

「や、この花食べられそうだなーって思って。甘いのは好きだけど、これはどうかなぁ」

植物を見れば食べられるかどうか、それを見極めることが一番大切だった山での習慣がどうしても抜けなくて、弥月がそう言うと、少年は気が抜けたようにがっくりと肩を落とす。

「花見て食欲出すなんて、虫かよ……」

「なんだよっ。そりゃ、ここの人たちは食べ物いっぱいあるから、こんなこと考えなくてもいいんだろうけどさ」

実際、彼らには野草や花を食べるのが日常の生活なんて、きっと想像もつかないのだろうけれど。

呆れた声で呟く少年に、弥月はむくれて言い返す。

「お前、他所から来たのか？」

その言葉で気づいたのか、少年にそう問われ、弥月はギクリとしつつも、「……うん」とボソリと答えた。

少年は驚いたように目を大きく見開いて弥月を見る。けれど、ふと表情をやわらげると、

「そっか。まあ他に比べて、黒龍領は恵まれてるよな。こっち来てみろよ、ほら」

そう言って、弥月の手を取って高台へと連れていく。

「うわ……！」

眼下には、見渡す限りに石造りの店や家、様々な建物が建ち、大きな広場を起点とした放射線状の道路で区切られ綺麗に整備された街並みが広がっていた。

道は人々や馬車などの行き来で賑わっているのが見てとれて、離れたこの場所からでも、街の活気が伝わってくる。

「すごいよな。俺も最初にこの城下町に来た時は圧倒されちまったし。それにほら、この山はなんていってもこの国一番の霊峰だし、その上には黒龍城があるからな」

見上げると、その高さゆえに雲をまとわせ、青みがかった偉容を誇る山と、そしてその山頂に建つ荘厳な黒龍城の輪郭が、蜃気楼のように揺らめく幻想的な影として浮かび上がっていた。

こうして見ると、あまりにも遠くに見える厳かなあの黒龍城に自分がいたなんて嘘みたいで……今までのこともやっぱり夢の中の出来事なんじゃないかと不安になってしまう。

「……ここに来るまで、相当苦労したんじゃないか？」

そう声をかけられて、今まで迫害されてきたことに気づかれたのかと、弥月はビクリと肩を震わせる。

「ごめん。……この黒龍領は簡単に他所の民を領内に、しかも黒龍城のある首都にまで迎え入れるような甘いところじゃないから、気になっちゃってさ。黒龍様は冷徹で有名で、黒龍領の益に反する者は容赦なく処罰されるし……」

「冷徹……？　黒龍さまが？」

自分が知る龍偉と、「冷徹」という言葉がまったく一致しなくて、少年の言葉に弥月は眉をひそめる。

「ほら、山腹の森が大きく焼け落ちて、稜線が崩れてるところがあるだろ。……あれ、黒龍様が自分に歯向かった集落を罰するためにやったんだってさ」

指差すほうを見ると、確かに遠くに見える大きな山脈の山腹が崩れ落ち、その周辺の木々も焦げ落ちて禿げ山となっていた。

「で、でも……そんな…っ」

とても信じられなくて反論しようとする弥月の腕に、傍にいた男の子がひしっと抱きついてきた。

「黒龍さま、来るのっ？　僕、悪いことしてないのに…！」

「えっと、違う違う。……や、いつも『悪いことしたら黒龍様が来るぞ』って脅してるから、こいつら、黒龍様って聞いただけで怯えるんだよな」

少年は焦った様子で弟たちに「よそで絶対そんなこと言うなよ」と釘を刺す。

「あっ、も、もちろん、黒龍様のことは尊敬してるぞ。この国が豊かなのも黒龍様のおかげだしな」

少年はそう言い繕ったけれど、まるで王子の怒りを買うことを恐れているように、その声は上ずっていて……弥月はますます複雑な思いになった。

重い空気が漂って、口数が減って気まずさにうつむいていると、

「ねえねえ……ずっとあそこにいるあの人、お兄さんと一緒に来たんだよね？」

少女が近づいてきて、こっそりと囁いてきた。

「え…っ」

彼女の指差すほうへ視線をやると、離れた場所にある大樹の幹に寄りかかって龍偉がこちらを見ている姿が目に飛び込んできた。

――本当に、ずっと見守ってくれてたんだ……。

そう思うだけで胸がぽかぽかとあったかくなって、弥月の顔に笑みが戻る。

「……もしかして、あそこにいるヤツにこの国に連れてきてもらったのか？」

「うん。あの人は……、えーと、オレの……兄さん、かな」

黒龍である彼の名を出してはいけないと、弥月はとっさにそう言って誤魔化した。

「へえ。全っ然、似てないな」

少年の正直な感想に、弥月の笑みが引きつる。

黒龍に恐れを抱いている彼らに龍偉の正体が知られたりしたら厄介なことになりそうで、弥月はハラハラしながら少年を窺う。すると、

「でもいいよなぁ。格好いいし、頼りになりそうな兄貴でさ。俺も兄貴欲しかったから羨ましいよ」

少年の口から出た思いがけない言葉に、弥月は目を見開く。

彼には家族がいて、みんな仲良さそうで、羨ましいと思っていたのは自分のほうなのに。

――けど、今のオレには黒龍さまがいるんだ……。

そんな思いが胸に込み上げた瞬間、鼻がツンとして、思わず泣きそうになって、弥月はぎゅっと胸元で手を握り締めてこらえると、大きくうなずいた。

「……うん。すごく強くて、いざって時も助けてくれるし……めちゃくちゃ頼りになるんだ」

知らなかった。

自分の大切な人を自慢することが、こんなにもむずむずするような、くすぐったくて、それでいて誇らしくてたまらなくて、これほど満ち足りた気持ちになるなんて。

そんな幸せな気持ちを噛み締めていると、少女につんつん、と袖を引かれた。

「あ、あの……これ、あの人に編んだの」

彼女は顔を赤らめてもじもじとしながらそう言うと、綺麗に編んだ花冠を差し出してきた。

「オレから渡してもいいの？」

弥月が確認すると、少女は恥ずかしそうにうつむいて、こくりとうなずく。

――ああ、顔真っ赤にしちゃって……好きになっちゃったんだろうな。黒龍さま、格好いいからしょうがないけど。

そんな少女をいじらしく、可愛いと思う一方で、どこかもやもやとした不安とも、焦りともつかない感情が湧き起こってくる。

そんな自分が嫌で、首を振って迷いを振り払うと、

「ありがとう。じゃあ渡してくるね」

弥月は少女から花冠を受け取って、龍偉の元へと駆け寄った。

「なんだ？　なにかあったのか」

「そうじゃなくて、はい」

龍偉に、弥月は花冠を渡す。

「これ、あの子から――」

後ろを振り返って、少女を指差そうとした時、頭にふわりとなにかが乗った感触がして、弥月は言葉を途切れさせる。

「……え？」

頭の上に乗っているものに触れてみるとそれは、花冠だった。

「こういったものは、お前のほうが合うだろうと思ってな」

「だ、駄目だよ。これ、あの子が、貴方にって……」

「俺にくれたものならば、俺の好きにしていいはずだぞ」

慌てる弥月に、龍偉は気にした様子もなくそう言い切ると、花冠の位置を直す。そして、

「……ふむ、俺の見立て通りだな。よく似合っているぞ」

顔を覗き込んでフッとかすかな笑みを浮かべた龍偉に、胸がぎゅっと引き絞られるように痛くなる。

王子である龍偉が乗せてくれた花冠。それはなんだかすごく貴重なものに思えて、少女に申し訳なく思う気持ちと、それでも抑えようもなく湧き出してしまううれしさに、弥月は泣きそうになりながらも笑う。

すると、ふいに龍偉の表情がしかめられた。

どうしたのだろうと龍偉を見上げると、弥月の腰がぐいとつかまれ、抱き上げられる。

「え……」

驚いて龍偉を見上げると、そのまま彼の唇が重なってくる。

「んぅ…っ」

ちゅ、と小さな音を立てて唇を吸われ、思わず弥月はピクリと震え、口から甘えるような声を零してしまう。

唇を離した龍偉が、突然のくちづけに呆然とする弥月の顔を満足そうに見下ろす。

「……な、んで……?」

くちづけられただけで腰がくだけてしまった自分が恥ずかしくて、突然のことに混乱して……震える息の中、弥月は問う。

龍偉は弥月の濡れた口元をそろりと撫でると、

「……俺にも分からぬ」

彼にしては珍しく、どこか途方に暮れたような戸惑った声色で答えた。

そんな彼を見ていると胸が疼くように熱くなって……弥月はぎゅっと胸元を握り締める。

「もういいだろう。そろそろ行くぞ」

「うん……」

龍偉に急かされて、弥月は少年たちのいる花畑を振り返る。

さっきまで二人がなにをしていたか、彼らに気づかれていなければいいのだけれど。

そんなことを思いながら、「ごめん、もう帰るね」と声をかけると、小さい子たちから「えー!」という不満そうな声が上がる。

「あ、あのっ、これ……オレが被っちゃってごめん」

頭上にある花冠を指差して少女に謝ると、一瞬、残念そうに眉根を寄せたけれど、

「……ううん。とっても似合ってる！　大事にしてね」

どこか吹っ切れたようにそう言って、笑顔を見せてくれた。

「うん…っ」

もう一度胸の中でごめん、と謝りながらも、彼女の言葉に心からうなずく。

「もう行くぞ」

龍偉の急かす声に、慌ててその背中を追いながらも、もう一度花畑を振り向くと、少年が「またな」と言って手を振ってくれた。

また会えるかは分からないけれど、その言葉がうれしくて、ほっと安堵しつつ、弥月は大きく手を振ってその場をあとにした。


――そして、弥月は牛車で城下町へと連れていってもらい、様々な場所を巡った。

人の多い場所は怖いと思っていたけれど、先に少年たちと会ったおかげで少し苦手意識が薄らいで、それになにより、龍偉《ロンウェイ》が傍にいてくれるのだと思うと勇気が湧いて、新しい場所へ自分から行ってみたいと思えるようになっていた。

出店で買い物をしたり、見世物を鑑賞したり……こんな大きな街に来たのも初めてだったけれど、賑わう街を誰かと一緒に歩くのも初めてで、楽しくて仕方なくて、気づけば、他人に対する怯えも忘れてはしゃいでいた。

夕暮れ時に黒龍城へと戻り、庭園で牛車を降りると、

「来た時とは違う道を通るか。すぐそこに居城に続く回廊の入り口があるんだ」

そう言って、龍偉が弥月を茂みの奥へと誘う。

他の者たちが滅多に通らない、いわば秘密の小道らしい。

また一つ、知らないことを教わったうれしさに、弥月は大股で先を行く龍偉のあとを飛び跳ねるようにして追いかけた。

「あ、石楠花《しゃくなげ》と躑躅《つつじ》、まだ花が残ってるんだ」

山では初夏には馴染みのあるものだけれど、ここの樹は見上げるような立派な大木ばかりだった。

「どれが躑躅で石楠花だ？　同じように見えるが」

龍偉が木々を眺めながら訊く。

確かに薄紅色の花びらで似た形をしているけれど、葉っぱの大きさも違うしとても同じには見えない。

「石楠花は枝先に集まって咲いているけど、躑躅はそれぞれ小枝がついてるだろ？　ほら」

「ふむ、そうか」

龍偉はそう言ってうなずいたけれど、あまり関心なさそうに見えた。

「もしかして、黒龍さまは草木とかに興味ないの？」

「まあそうだな。興味がないというよりも、花は花、樹は樹にしか見えんということだ」

国や敵や大きなものばかり見据えて育った龍偉と、足元の石ころや草花を見て育った自分とは、興味を感じるものが違っていて当然なのだろう。

しゅん、とうつむく弥月の頭に、龍偉の手がやわらかく触れた。

「だが、石楠花と躑躅の名は、今覚えたぞ。そういえば、この花冠はなんでできているんだ？」

「あは…っ、これはね、白詰草だよ」

興味がないと言っていたのに、弥月の好きな草花を知ろうとしてくれた彼のその気持ちがうれしくて、弥月は答えながら顔をほころばせる。

龍偉のささやかな言葉や仕草に、落ち込んだり、気持ちが浮き立ったり……自分でも不思議だった。

「小石だらけだな。足元に気をつけろ」

そう言って龍偉が弥月の手を取った。

繋ぎ合った手があたたかくて、樹が生い茂る小道を二人で寄り添い歩いていくと、なぜか胸がドキドキと高鳴って、なんとなく無口になってしまう。

樹木の途切れた場所に出た時、ふと、木の葉の陰でなにかが蠢いているのに気づいて、弥月は足を止めた。

「どうした」

「ほら、あれ。なにか動いてる」

弥月はどうしても気になって、いぶかしげな龍偉の手を引っ張り、近づいて覗き込んでみる。するとそこにいたのは、卵から孵ったばかりの鳥の雛だった。

急いでしゃがみ込み、そっと拾い上げて見てみると、その雛はまだ目は開いていなくて、赤い肌に灰色の産毛がまばらに生えていて、お世辞にも可愛いといえない、ぼろぼろの姿だった。

それでも、頼りなく首をふらふらと揺らしながら、ピィと小さく鳴いて、薄い肌からは心臓がドキドキと脈打っているのが手に伝わってくる。

「きっと巣から落ちちゃったんだ……」

巣を探して戻すことも考えたけれど、高い場所から落ちた衝撃のせいか羽が折れてしまった状態で、このまま自然に帰しても自力で生きていくのは難しいように思えた。

とにかく羽を治してやらないと。

「黒龍さま、この子――」

連れ帰ろうと、雛を手に龍偉を振り返る。すると、

「捨てろ」

言葉を遮るように厳しい口調で言われて、弥月は弾かれたように顔を上げ、信じられない思いで龍偉を見つめた。

彼の顔からは感情が見えず、雛を見下ろしている紫銀色の瞳はぞっとするほど冷たい光を宿していて、弥月の背がぞくりと粟立った。

「で、でも、ほらっ、この子……まだ生まれたばかりで……」

弱々しく震える雛を龍偉の目の前に差し出し、弥月は訴える。けれど、

「巣から落ちるような雛は弱いからだ。親鳥が故意に捨てることもある。いずれにしてもこういった雛は成鳥にはならない。餌をやり手を尽くしたところで無駄だ」

幼い雛の姿にも、親を求めてかすれて消えそうになりながら懸命に鳴く声にも、龍偉は冷たい一瞥をくれただけだった。

「死ぬと分かっていながら手をかけ情をかければ、駄目だった時にお前の落胆が大きくなるだけだぞ」

「黒龍さまっ、それでも……まだ」

野生動物の生きる厳しさは、弥月も知っているつもりだ。

それでもこの雛はまだあたたかくて、これほどに衰弱しながらも生きようと必死にあがいている。なのに……。

「情が移る前に捨てろ。それがお前のためだ」

取りつく島もなく言い渡してくる龍偉に、弥月は悄然とうつむいた。

「……オレ……」

よそ者である自分が、この国の王子である彼に逆らう権利などないのは分かっている。

けれど陽もだいぶ西に傾き、樹や岩が多く誰の姿もないこんな寂しい場所に、いたいけな雛を捨てるのかと思うと、胸が締めつけられるように苦しくなる。

迷いに弥月の手の力がゆるんだとたん、雛が首をふらつかせながら、くちばしを小さく開けて、ピィ…と鳴いた。

その鳴き声に、いけない、と弥月は慌てて雛を手のひらでしっかりと包み込んだ。

手の温もりに安心しているのか、それとも弱ってきたのだろうか、雛は丸まって大人しくしている。

このまま夜になって気温が低くなったら、産毛もまばらな身体はすぐに冷えて弱ってしまうだろう。

その前に夜行性の動物に食べられてしまうかもしれない。

自分も赤ん坊の時、捨てられていたという。それでも、どうにか今日まで生きながらえてこられたのは……きっと、拾ってくれた源次がいたからだ。

手の中で震え、力なく鳴く雛と、幼い頃の自分とが重なって、どうしようもなく悲しくなって、弥月は込み上げそうになる嗚咽を、唇をきつく引き結んでなんとか呑み込む。

そして弥月は決心して手巾へ雛を包み、そっと懐へ入れると、

「やっぱり、捨てられないよ……迷惑かけないようにするから…っ。だから……」

取り上げられまいとぎゅっと胸元を握り締め、必死に懇願する。

龍偉はそんな弥月を眺め、理解できない、といわんばかりに眉をひそめる。それでも、

「……好きにすればいい」

ため息交じりにそう言って、背を向けた。

雛を飼うことを許してくれたのか、それとも……呆れられてしまったのか。

不安な気持ちになりつつも、弥月はその後ろについていった。

部屋へ無事帰り着いた時、緊張していたのか、弥月は手に汗をかき、指が小さく震えていた。

——黒龍さま、怖い顔してた……。

どこかであんな彼を見たことがある気がして、ふと思い出す。

初めに目の前に現れた龍偉《ロンウェイ》が、弥月を襲おうとしていた男たちを叩きのめした時も、あんな風に冷めた目をしていた。

「黒龍王子は冷徹で有名」だと言っていた少年の言葉が頭をよぎって、弥月は急いで首を振った。

——なに恩知らずなこと考えてるんだ。黒龍さまは、オレを助けてくれたじゃないか。

弥月は不安と胸苦しさを振り切って、懐から雛を出し、そっとくるんでいた布を開いた。

いまだ弱々しく震えているけれど、触れてみると胸の鼓動を感じて、弥月は安心してホッと息をついた。

とにかく今は、この子を助けないと。

「とりあえず餌になるものと、巣の代わりになる入れ物を用意しなきゃな」

そう呟いて、自分を奮い立たせる。

「あ…、そういえば」

頭の上に乗っていた花冠のことを思い出し、卓上に置くと、その中に布を敷き詰め、そこへ雑草ごと雛をそっと入れてみた。

その拍子に目覚めたのか、雛がよろよろと首をもたげ、口を大きく開けて餌を求めてくる。

ピィ……と悲しそうな鳴き声を漏らす雛に、胸が苦しくなる。

「どうしよう……」

とにかくなにか食べさせなければと思うけれど、この部屋には食べ物がない。

なにか食べ物を探してこよう、と腰を浮かした時、扉を叩く音がした。

恐る恐る扉を開けると、そこに立っている人の姿を見て、弥月は肩の力を抜いた。

「晋平《ジンピン》じいじ、どうしたの？」

「いや、龍偉殿下とお出かけされていたと耳に挟んだものでの。どうだったかと思って来てみたんじゃ」

部屋の中へと招き入れると、晋平はそう言って気遣わしげにこちらを見やる。

弥月の顔を見て、なにかあったと気づいたのだろうか。それとも、龍偉になにか聞いたのだろうか。

心配をかけたことに申し訳ない気持ちになりながら、雛を拾った、とだけ伝え、即席で作った巣で丸くなっている雛を見せると、

「ふむ……幸い、羽の骨折は大したことはなさそうじゃな。下手に固定すればかえって負担になりかねんし、数日はなるべく動かないように気をつけてやるしかないのう」

注意深く雛を観察したあと、晋平はそう言った。

「孵《かえ》ったばかりの雛はなにかと難しいし、面倒はこちらで見ることにしたほうがよさそうじゃな」

「あ…、あの、オレが世話したいんだ。駄目、かな？」

巣ごと雛を手に取ろうとする晋平を、弥月は慌てて止めに入る。

博識な晋平に任せたほうが、とは思うものの……龍偉が「捨てろ」と言ったことを、彼は知らない。もしもまた龍偉の目に止まって、同じようなことになってしまったら――晋平が優しい人だと分かっているけれど、それでもこの国の王子であり、彼の主でもある龍偉に命じられてしまえば、それに逆らうことは難しいように思えたのだ。

「……貴方がそう言うなら。それじゃ、餌のやり方とかも教えないとのう。なにか、雛が食べられそうなものを持ってくるとしよう」

晋平はなにかに気づいた様子でそう言うと、よくすり潰した練り餌と、山羊の乳を水で薄めたものを持ってきてくれた。

「ほれ。これを使って雛にやってみなされ」

晋平の教え通りに細い葉に乳水をつけて雛のくちばしの中に挿し込むと、かすかに喉を動かしてそれをこくりと飲み込んだ。

「わ……飲んだよ！　よかったぁ……」

練り餌は葉の茎の先につけて、喉の奥に入れてやると、ほんの少しずつだけど食べてくれる。うれしくて、弥月は根気強く餌やりを繰り返した。

なるべく身体を動かさなくてもいいように角度を調整しつつ、ほんの少しずつ与える餌やりは思った以上に神経を使うけれど、それでも必死にくちばしを動かして食べようとする姿はなんともいたいけで、可愛くて……全然苦にならなかった。

「すごい食べたなぁ……生まれて間もないのに、頑張り屋さんだね」

ようやくお腹がいっぱいになったのか、うとうとと目を閉じて眠りに落ちようとしている雛に、弥月はクスッと笑って語りかける。

「この数日が勝負じゃな。明日から係の者に餌を運ぶよう、言っておくからの」

「あ、ありがと……その、黒龍さまにはこの子のこと、言わないでもらえないかな」

「……心配しなくてもええ。分かっておるよ」

口止めする弥月に、晋平は理由も聞かずそう言って空の容器を手に部屋を出ていこうとする。

「あの…っ、訊きたいことがあるんだけど」

なにか悟っているような彼の態度が気になって、弥月は慌てて引き留めた。

「その……オレ、今日黒龍さまに外に連れていってもらって、えっと、ここのふもとや城下町を探検したりしてさ、とても楽しかったんだ……けど」

彼が足を止めて振り向いてくれたものの、弥月は自分の言いたいことがうまくまとめられなくて、しどろもどろになりつつ、思いついたまま口にする。

「遠くの山脈の真ん中へんが焼け崩れてるの、見たんだ。それが、黒龍さまのしたことだって、言う人がいて……」

静かに耳を傾けてくれる晋平に勇気付けられて、思い切ってそう告げた時、晋平の顔が険しくしかめられた。

「……聞いてしもうたのじゃな……」

ぽつりと零したその声は、苦渋に満ちていて……弥月はかける言葉を見失う。

「確かに、それは本当のことじゃ。ただ、もちろん理由はあるのだが――」

肯定され、衝撃を受ける弥月に、晋平はぽつぽつと話しはじめた。

「弥月様は『龍脈』というのをご存じかな？　あらゆる生きとし生ける物の生命力を司るといわれる偉大なる力が地中には脈々と流れているんじゃ。その道筋こそが『龍脈』。龍偉殿下をはじめ、王たる四大龍の始祖の『生まれ変わり』は、それぞれの領土で強い力の奔流を生み出して湧き起こし、それを『龍脈』に滞ることなく流し続けさせて領土に繁栄をもたらす使命をお持ちでいらっしゃるんじゃ」

初めて聞く言葉を必死に理解しようと耳を澄ませる弥月に、晋平は改まった口調で説明を続ける。

「ただ、『龍脈』はその時々の力の流れ方によって徐々に道を変えていくもの。ずっと同じように流れることはない。それによって偏りなく力が領土全体に循環していくのだが……それをよく思わない者がおったんじゃ。それが、あの山脈の崩れた土地にあった村の村長だった」

昔、その村は小さかったものの強力な『龍脈』の通り道となっていて、貴重な鉱脈や良い作物ができ、とても豊かな土地だったらしい。村長は愚かにもこの世界の理に逆らって、なんとか自分の村の地下に流れる大いなる『龍脈』を他所にやらず自分たちで独占できないものかと画策して、禁術に手を染め……その結果、その力を制御できず、滞った力は澱み、汚れ、邪気となって村へと噴き出したという。

「そうして凶悪な邪気が蔓延した村はあっという間に朽ち果て、村人は皆、恐ろしい伝染病にかかって次々に死に絶えていったよ……一度そこまで汚染されてしまっては、もう回復させることはできないと判断し、他の土地や人々に邪気が伝染して取り返しがつかなくなる前に、早急に手を打つしかない――そう考えた龍偉殿下は、ご自身の放つ炎で村すべてを浄化する決断をされたんじゃ。……二度とこのようなことを起こさないためにという戒めと、見せしめの意味も込めて」

「……すべて……」

改めてえぐられたように崩れて焦土と化した山腹の惨状を思い出し、その凄惨さに弥月は言葉を詰まらせる。

「領土を危機から守るという大義の前には、愚かな過ちを犯し復旧の可能性の極めて低い小さな村の犠牲もやむなし……それが、黒龍の生まれ変わりたる殿下のご意志であり、覚悟……なのじゃろうな」

表情の消えた顔で粛々とそう告げた晋平に、その姿を見てきたからこそ自活できない雛を龍偉がどう評したのかも察しがついたのだと気づき、弥月はうなだれた。

雛は龍偉に見つからないように箱に入れ、物置のようになっている小さな部屋の窓際に置くことにした。

ピィ、と名づけたその雛の世話は大変だったけれど、至れり尽くせりの生活で時間を持て余しぎみだった弥月にとって、いい仕事にもなった。

弥月を親のように思っているのか、餌を持っていったり巣の掃除をしに近づいたりすると鳴き声を上げる雛のことが可愛くて仕方なかった。

雛は食欲も旺盛になって、頼りなかった産毛が羽に生え変わっていくにつれ、食べさせる餌の工夫も必要になったし、キィキィと鳴く声の大きさに、いつ龍偉に気づかれるかと、ひやひやしながらの毎日だった。けれど、目に見えて成長していく雛を見るのは楽しくて、弥月もまた、力強く育つその姿に元気をもらっていった。

雛はみるみる大きくなり、まだ産毛が残る身体で羽ばたきの練習をするようになった頃――龍偉が突然、姿を現さなくなった。

「龍偉殿下は大事なお役目を果たしに行かれたんじゃ。殿下が戻ってくるまでの間、貴方にはくれぐれも外に出ないようにとの命を受けましたのでな。窮屈な思いをさせてしまうが、堪忍しておくれ」

不安になった弥月に、晋平がなだめるようにそう言った。

「晋平じいじ、黒龍さまはどこへ……？」

「――戦じゃ」

短く告げられたその不穏な言葉に、弥月は鋭く息を呑む。

「いくさ……って、どこかの国と戦争する、ってこと？」

貧しくて不自由な生活でも、戦争などとは無縁な山奥で育ってきたから、こんな大きな国の戦争がどのようなものであるのか、想像もつかなかった。

「そうじゃ。四大龍の始祖の生まれ変わりである王子たちは、いかに強力な気が流れる『龍脈』を自分の領土として多く持つかでその力が変わる。だからこそ、常に良い龍脈が流れる領地を奪い合い、争いが絶えないんじゃ。しかも龍としての力を示し、奪った龍脈を我が物にするため、王子は常に前線に立って戦わねばならぬ」

晋平のその説明をすべて理解することは難しい。けれど、それがとてつもない危険と重責を伴ったものなのだろうということだけは分かって、弥月の心臓がドクドクと不穏に脈打つ。

「殿下は特に、兵士たちの負傷を最小限に抑えるためだといって、矢面に立って戦われる方ですからね……」

横に控えていた近衛兵が神妙な表情でそう口にしたのを聞いて、弥月の不安は増すばかりだった。

「ああ、申し訳ありません。そんな心配そうなお顔をしなくても大丈夫ですよ。弥月様は殿下が本来の黒龍となった時の強さをご覧になったことはないのですよね？　鋼も引き裂く鉤爪と、龍偉殿下しか使えない強力な龍術を発揮すれば、どんな強敵であろうとも負けることなどありえません」

そう語る近衛兵の目は信頼に満ちていて、龍偉を誇りに思っていることがひしひしと伝わってくる。

「領地を脅かす者には容赦がなく、恐れられもしておりますが、我々にとってはこれ以上になく心強く頼りになる、偉大な方です。殿下はいずれ、この国に君臨する龍王となる立場のお方なのですからね」

「龍王、に……」

以前、晋平からも聞いたことがある、龍の始祖の血を引く龍人である彼らですら拝謁することもできぬ、雲の上の存在。

たぶん、そんな天よりも高い位の王さまになったら、自分などはもう近寄ることもできなくなるのだろう。

こちらを見つめる晋平の目がどこか憐れみの色を含んでいるようで……弥月はいたたまれずに目を

伏せた。


あれから一週間。いまだに龍偉は戻っては来ず、長い一日が暮れていく。

その間に雛はとうとう巣立ちを迎え、部屋の窓から飛び立ってみせた。

自分になついてくれる可愛い存在が手元から離れていって、ぽっかりと穴が空いたような胸の中、積もり続ける不安は大きく膨らんで、弥月を苦しめる。

龍偉の姿が見たい。

龍王という自分の手の届かない場所に行ってしまう前に、少しでも龍偉の姿を見ていたい。寂しさと狂おしさの入り交じった心の内で、そう切望していた。

彼の帰還を待ちわびながら窓の外を眺めていると、一羽の隼《はやぶさ》がやってきて、弥月のいる窓辺へと降り立った。

「ピィ、また来てくれたんだね」

不安に曇っていた顔をかすかにほころばせ、もう「ピィ」なんて名前は不似合な、凛々しい姿の隼を見上げた。

あの頼りなかった雛は弥月の手から無事に巣立ちして山に生活の場を移した今も、時折窓辺へと舞い降りるとキィキィと鳴き声を上げて弥月を呼んだり、庭を散策しているとまとわりつくように周りまだ。

を飛び、腕に止まって弥月の手から木の実をついばんだりする「あはっ……っ、くすぐったいってば。相変わらずお前、甘えん坊だなぁ」

窓から手を伸ばすと、ピィは弥月の腕に止まり、すりすりと顔を擦りつけてきた。

大きく育って、眼光も鋭く外見は獰猛にすら見えるけれど、弥月にとっては今でも可愛いピィのままだ。。

弥月の胸にのしかかる重い空気を察したのか、ピィは小首をかしげて顔を覗き込んでくる。

「……心配してくれてるのか？　ありがとな、ピィ」

そんなピィに、弥月はなんとか笑みを作って頭を撫でる。

なぐさめてくれるピィのあたたかさに、じわりとにじんできた涙を急いで拭い、

「あのさ、ピィ……もし、黒龍さまの姿を見たなら教えて……無事だって、教えて欲しいんだ」

祈るようにそう呟くと、ピィはまるで返事するかのように短く鳴き、大きな翼を広げ、窓辺から飛び立っていった。

その姿を見送りながら、「どうか黒龍さまが無事でありますように」と願っていると、心なしか胸の紅い色が増してきたように思えて、弥月はぎゅっと胸元を握り締める。

龍偉のことを思うと心臓が高鳴り、その鼓動に共鳴するように胸の欠片の輝きも強くなる。

以前とは違い、紅い光を宿したこの胸の欠片が、今は好きになってきている。

これは、自分と龍偉を繋いでくれた大事なものだから。

弥月は胸の輝きを両手で押し抱くようにして、無事を願い、祈り続けた。

いつの間にうつらうつらしていたのか。激しい胸の疼きを感じ、弥月は荒い息をつきながら目覚めた。

胸騒ぎがして、寝起きでかすむ目を擦りながら窓を見やると、禍々しいほどの漆黒の闇空に稲妻が走った。その瞬間――重い暗雲をまとった、夜空よりもなお鮮烈な漆黒として浮かび上がる物体が見え、弥月は慌てて起き上がった。

「な……これって……!?」

――もしかして……!

紅い光が強くなった胸を抱え、弥月は息を止めじっとそれを凝視する。

すると、その輪郭が徐々に近づいて、はっきりと龍の姿として認識できた瞬間、

「開けて……ッ!」

弥月は弾かれたように叫び、扉を叩いた。

「や、弥月様っ! どうなさったのですか?」

「黒龍さまが…っ! 戻ってきたんだ、ここに!」

弥月がそう訴えると、見張りの衛兵が驚いた様子で扉を開け門へと連れていってくれて、櫓《やぐら》で見張りをしている門番に確認を取ってくれた。

「確かにたった今、殿下がお戻りになられたのを確認したそうです。すごいですね、弥月様……!

殿下は戦帰りにはいつも人と会うのを嫌われて、静かにお戻りになるのですよ。しかも城中にいらしたというのに、殿下のお帰りにいち早くお気づきになるとは」

「や、そんなのは……それより今、黒龍さまはどこに？」

――早く、黒龍さまに会いたい。

逸る気持ちを抑え、弥月は尋ねる。

「多分、地下にある聖洞にお籠もりになられたと思いますが……」

「聖洞？　それ、どこにあるのっ」

「先ほどもお話ししました通り、殿下は戦の直後は誰ともお会いになりませんよ。戦のあとは特に気が立っておいでです。聖洞での安息を邪魔などしたりした日には、どれほどお怒りになるか……いくら御子様といえど危険です」

「でも……無事かどうか、一目だけでも姿が見たいんだよっ。お願いだから……！」

顔を曇らせて首を振る近衛兵に、弥月は必死に懇願する。

それでも動こうとしない近衛兵に焦れ、だったら一人で探しに行こうと踵を返した時、

「――ワシが案内しよう」

声をかけられて、弥月が振り向くと、そこには晋平がいた。

「晋平じいじ…っ。本当⁉」

すがる思いで尋ねる弥月に、晋平は静かにうなずく。

戸惑いの表情を浮かべる近衛兵を背に、晋平は「こっちじゃ」と先に立って、弥月を手招きした。

晋平の案内を受けて、庭園の奥、峰近い場所の白岩に空いた洞窟の入り口へとたどり着く。

「先の者が言っておった通り、戦帰りの殿下は凶暴な衝動を抑えきれない状況で……だから皆、逆鱗に触れることを恐れて遠巻きにするしかないんじゃ。それでも行くというんじゃな？」

「うん」

入り口の前に立ち、念押ししてくる晋平に、弥月はぎゅっと口を引き結び、大きくうなずいた。

晋平にもらった燭台の灯りを頼りに、地下へと続く長い洞窟を下りる。複雑に隆起し、曲がった道をしばらく行くと、やがて光が漏れ見えるようになり、急にズン、と身体が重くなるような圧を感じて、弥月は身構えた。

グルル…、と低く響く獰猛な唸り声が聞こえ、弥月は重い身体をなんとか動かし、光のほうへと進む。

そして突然、目の前がまばゆい光に包まれて、一瞬、目が眩んで弥月は立ちすくむ。

徐々に目が慣れてきて、じりじりと進むと――一際大きな空間が広がり、その中央には、まるで台座のようになった円形の石があって、その上にはぐったりと横たわる大きな黒龍の姿があった。

そこには淡く美しい輝きに満ちていて、外で見かけた時は闇に紛れていた黒龍の姿をはっきりと浮かび上がらせている。

「黒龍さま…っ！」

その姿を見つけた瞬間、たまらず叫び、弥月は彼の下へと駆け寄った。

声に反応して黒龍の身体が揺れ、ゆっくりと顔をもたげた。

『なにを……しに来た……？』

黒龍と化した龍偉が、冷たく光る目をすがめる。

彼の低く響く声が空気を震わせ、場に満ちた輝きが炎のように揺らめいて、黒龍の威厳ある姿が、さらに凄みと威圧感を増す。

彼の息は荒々しく乱れ、紫銀色の瞳が爛々と凶暴な光を宿していた。

「……け、怪我してるんじゃないかって、思って」

鋭く光る紫銀色の瞳で睨みつけられ、その迫力にごくりと唾を呑む。それでも、弥月は引き下がることはできなかった。

威圧するその声の中に、苦痛の色がにじんでいる気がしたから。

龍偉の周囲を歩いて身体の状態を確かめると……左肩から背中に、大きな裂傷を負っているのが分かって、弥月は顔をゆがめた。

「……やっぱり……」

今までの高貴で雄々しい龍偉からは考えられない、手負いの痛々しい姿を前にして、胸をえぐられるような激しい痛みと息苦しさに見舞われ、弥月は声を詰まらせる。

「すぐに、お医者さまを呼んで手当てを……っ」

外にいる晋平や番兵に知らせなければと、踵を返そうとした弥月の目の前に、ダン…ッ！　と大きな尻尾が振り下ろされ、行く手を遮られる。

驚きに龍偉の顔を見上げると、

『――いらぬ。俺、の体力を甘く…見るな。この程度の傷など、怪我のうちに入らん』

厳しい声で言い切られ、もどかしさと焦りに弥月は眉根をきつく寄せる。

「な、なんで……？　こんな、痛そうなのに…ッ」

『これしきのことでどうにかなるというならば、その程度の器だった、ということだ……そんな脆弱な黒龍など、必要ない』

「……ッ！」

傲然と言い放たれた言葉に、彼の覚悟を思い知って、弥月は硬直する。

彼の非情さは、自分に対しても向けられていて……いや、むしろ自分がずっとそうして戦い抜いてきたから、他人に対しても同じような物差しで量ってしまうのだろう。

『くれぐれも、誰にもこのことは言うな。……そもそも、このような無様な姿をさらすなど……』

弱った姿を見られることがすでに苦痛なのだと、苦悩に満ちたその声が物語っている。

「い、言わない……けど、せめて手当てだけでも……」

『……完全に龍化した状態で負った傷は、人の医学では癒やすことができない。だから『龍脈』に流れる大いなる気の源泉となるこの聖洞で、自然治癒して人の姿に戻れる時を待つ他ないのだ。だから、誰の手助けもいらぬ』

領土の皆のために戦って、怪我を負っても、ただこうしていつも独りで耐えているというのだろうか。

自分が山で独りだった時、ちょっとした熱や怪我をしただけでも心細く、つらかったというのに。

龍偉はこんなに大きな国の王子さまで、たくさんの領民や部下たちを従え君臨している人で……なのに、独りだ。

弥月は泣きそうになるのを歯を食いしばってこらえ、傍に流れる泉を見つけると、帯をほどいて水に浸して軽く絞り、背にそっと触れ、傷口へと布を当てた。

『……ッ』

「ご、ごめんっ、痛かった？」

痛かったのか、冷たかったのか。小さく息を詰め、ピクリと身じろぎした龍偉に、弥月は慌てて手を離した。

「熱さえ引けば、痛みが少しは楽になるかなって、思って……」

山に一人暮らしていた時の経験から、傷を負ったり打撲をしたりした時はきれいな水で洗い冷やすのが一番だったのを思い出したのだ。

けれど自分には医療の心得があるわけではないし、山にいた時のように薬草や薬効のある樹脂などもない。

「ごめん……オ、オレ……なにも、できなくて……い、いっぱい優しくしてくれたから、オレもせめて、少しでもなにかできれば、って……思って……なのに…っ」

無力な自分が情けなくて、悔しくて……申し訳なくて。

弥月は肩を震わせ、何度も繰り返し謝った。

『……いや、違う』

そんな弥月に、どこか戸惑った様子で龍偉は呟く。

少しためらいを見せたあと、彼は顔を上げ、

『弥月……もっと、触れていてくれないか』

ポツリと、そう言った。

「え…、う、うん……ッ」

少しは、痛みが紛れたのだろうか。

弥月は戸惑いながらももう一度、傷口を刺激しないよう怖々と布を当て、そっと優しく背中の傷を拭った。

その間、少しでも痛みを紛れるように、傷が治りますようにと、弥月は心から願いながら、もう片方の手で背を撫でさすった。

最初は気難しい顔をして天井を睨んでいた龍偉だったが、見ればいつの間にか目を閉じ少しうつむいて弥月に背中を預け、じっとしている。

こんなことくらいですぐに痛みが取れるとは思ってはいないけれど、勇者と称えられ崇められている龍偉が、誰にも見せまいとしている弱みをこうして自分にさらしてくれている。

それが、泣きたいほどうれしくて……痛々しく腫れている肩を冷やし、撫で続けながら、弥月の胸はジン…と熱く震える。

「あ……!?」

徐々に龍偉の息が整い、石の台座からあふれ出す、大きな黒龍の身体を包む淡い輝きが強くなって……まばゆい光を放った、と思った次の瞬間――人の姿に戻った彼が、そこにいた。

龍偉は自分の変化に気づき、人のそれに戻った己の手のひらを見やると、

「……治った、のか……？　いつもならば、数日はかかるというのに」

呆然とした様子で、そう呟いた。

「それでも、傷は残ってるよ……」

人の姿に戻った龍偉の身体には、依然として肩から背にかけて、大きな裂傷があった。頑丈な鱗に覆われた龍の巨体ではなく、人に戻った彼の肌についたその傷は、さらに痛々しさを増して、弥月の瞳に焼き付いた。

「そう一足飛びに治るわけがないだろう」

苦く笑い、振り返った龍偉が、驚いたように目を見開いた。

「……なぜ、泣いている」

「え？　あ……」

言われて涙を流していたことに気がついて、慌てて手の甲で擦る。

「変わり者だな、お前は……まるで自分が痛いみたいだ」

泣き顔を隠そうとうつむいた弥月の腰を、そう言って龍偉が抱き寄せてきた。

「だって……戦に出かけたって聞いて、怪我とかしてないかずっと不安だったんだ……だから」

龍の闘いがどのように激しいものなのか、想像もつかないけれど……。

傷を負いながら、それでも帰ってきてくれたこと、また彼の姿を見られたことがなによりうれしかった。

「この姿に戻れたということは、損傷の度合が人の身体で受け止められるほどになった、という証だ。

こうなれば治癒は早い」

「……よかったぁ……」

涙の雫を溜めたまま、弥月がふにゃりと笑う。

「……ッ」

するとそんな弥月をどこか苦しげに細めた目で見つめ、龍偉が小さく唸ったかと思うと、

「あ、黒龍…、さま…っ」

抗う間もなく、身体を石の台座の上へ押し倒される。

これまでのどこか余裕を感じさせる態度ではなく、今の彼からはどこか切羽詰まっていて、危うい気配を感じた。

多分、傷ついた痛みと危険な戦をくぐり抜け、気が立っているのだ。

――戦帰りの殿下は凶暴な衝動を抑えきれない状況で……だから皆、逆鱗に触れることを恐れて遠巻きにするしかないんじゃ。

そんな晋平の言葉が頭をよぎったけれど……それでも、弥月は逃げようとは思えなかった。

「黒龍さま……」

おずおずと手を伸ばし、熱を帯びた彼の背にそっと触れる。

「弥月……お前がこんなにもあたたかいのは、『龍の御子』だからなのか……？」

龍偉はそう問いながら、弥月の衣服の前をはだけた。

「あ……」

胸を見つめるその視線だけでチリチリッとした刺激を感じて、弥月は小さく声を出した。

「綺麗だ……いつ見ても」

彼は吐息交じりにそう言いつつ指先で胸の中央にある膨らみをゆるりと撫でてきた。

綺麗、などという言葉は今まで生きていた中では無縁のものだったから、どうしていいか分からなくなって、弥月は顔を染め、うつむくことしかできなくなる。

「……ふ、ぁ…っ」

声を出すまいと堪えようとしても自然に吐息が漏れる。

すごく恥ずかしいのに……それなのに、もっと触って欲しくなる。触れるだけではなく、この前みたいに吸ったり舐めたりして欲しいと願った。

龍偉に触れられたいと心と身体が激しく彼を求めている。

なのに龍偉は中央で紅く光る膨らみを指先で撫でるだけで……。

その両脇にある二つの小さな尖りがその指を欲しくて震えていた。

「黒龍、さま…っ」

たまらずに弥月は龍偉の肩に両手を回し抱きついた。

「ッ……」

とたん龍偉が顔を歪め小さく呻いた。

「あ、ご、ごめんなさいっ」

肩が腫れているのについ夢中になって触れてしまった。

弥月は慌てて手を引いたけれど、龍偉はその手を握り締める。

「黒龍……さま?」

「よい……お前にもっと触れられたい。俺もお前に触れたいのだ」

低く耳元で囁いた彼の指が、待ち焦がれて赤く色づいた胸の尖りを捕え摘まんだ。

「あ、ぁぁ……」

それだけでうれしくて、震えるような息を吐く。

つまんだ指を擦り合わせるみたいに動かされて、ジンジンと痺れるような快感が背筋を伝う。

「ふぁ…っ、黒龍、さま……っ」

胸に顔を伏せた龍偉の唇が大きく喘がせている胸を這う。

指で弄られ赤く膨らんだ乳首を吸われ白く鋭い歯で甘噛みされて、たまらず身体を波打たせ悶えた。

「弥月、俺のことは黒龍さま、ではなく龍偉と呼んでくれ」

どこかもどかしげな表情で、龍偉はそう乞う。

弥月は一瞬ためらって、

「……龍偉、さま……」

おずおずと、彼の名を呼ぶ。とたん、彼は目を細めて微笑った。

その微笑みに、弥月の胸が甘苦しく締めつけられる。

「そうだ……弥月」

感じ入ったように艶やかな吐息交じりに囁かれて、彼の熱い息が当たるだけで、肌の上をさざ波のような痺れが走る。

龍偉の手が股間に伸びて、すでに勃ち上がっている弥月を握った。

「んぁ…っ、あぁ、龍偉、さま……」

彼は戦帰りで傷つき疲れているのに。そう案じる一方で、それでも、龍偉にもっと触れて欲しい、感じていたいという思いは止まらなかった。

「もう、黙っていろ……」

龍偉の表情は意地悪で冷たい。なのに、なぜかその手はあたたかく弥月を優しく包んでくれる。

包んだ手が強く弱く動いて、下半身の一点から発した熱と快感の疼きはじわじわと全身へと広がっていく。

「ひあっ……んあぁッ！」

堪えきれずに腰を揺らし下肢を硬直させながら龍偉の手の中に欲望を放った。

「弥月……」

龍偉はそう言いながら濡れた指を下肢の狭間に滑らせて、小さな孔の周りをゆるゆると撫でる。

くすぐったいようなムズムズするような、変な感覚に弥月はギュッと目を閉じていたら、今度はその長い指が中に差し込まれ、弥月は驚きに目を見開く。

「龍偉、さま……？」

「弥月……お前を俺のものにする。よいな」

狂暴なほどの熱を孕んだまなざしで見下ろされ、そう告げられて、その意味をはっきりとは理解できないまま、それでも弥月はうなずいた。

内部に指を埋め込まれたまま、じりじりと動かされていって……刺激を与えられる内壁が徐々にジンジンと痺れ、疼きを感じる。

「くぅ…っ、ひあぁ……んっ」

指がさらに増やされて、そのたびにきつくて、もう無理だと思うのに、やがて出し入れされ内壁を撫でるように動かされると湧き起こる快感に背筋が震え、抵抗することができなくなってしまう。

指が唐突に抜かれて、その喪失感にかすれる息を漏らしたとたん、両脚を高く持ち上げられて、信じられないほどに熱く大きく昂ぶったものが押し当てられた。

「う……っ、あ、ぁ」

そして内部へと侵食してくる熱い塊。三本の指でもきつかったのに、比べられないほどの太いものが身体の中へと入り込んでくる違和感に、弥月は胸を喘がせた。

「息を詰めるな……俺に身を預けてくれ」

顔を近づけた龍偉がそっと弥月の唇を吸った。

「ふぁ…ッ、は、ぁっ」

そのやわらかな感触に、弥月が震えるような長い息を吐き出すと、身体の奥へと昂ぶりを一気に突き入れられる。

「あぁぁ……ッ！」

その衝撃に目を見開き、龍偉の形に押し広げられる苦しさに、弥月は夢中で彼の腕にしがみついた。

「きつい…な」

彼が低く呟く声さえ直に響いてくる。

見上げた弥月の瞳に、熱の籠もった彼の視線が絡んでくる。

――ああ……オレの中に、黒龍さまが……？

信じられない状況に、弥月は呆然とする。けれど身体の深い場所には、確かにドクドクと強く脈打つ熱塊があって、嫌でも彼の存在を思い知らされる。

初めて身体を開かれた苦しさに翻弄され……なのに、なぜか哀しいような愛しさが胸の中に湧いてきて、不思議で複雑な気持ちに心がグチャグチャになる。

「ッ……お前の中、熱くとろけて絡み付いてくる……なんて身体だ。弥月……」

貪るかのごとく腰を揺すり上げられて、大きく胸を喘がせた。

「んぁっ……くうぅ……んんっ」

息苦しいほどの圧迫感と重量感に身体の中を支配されて、弥月はたまらず喘ぎ、忙しなく呼吸を繰り返す。

やがて異物感に軋んでいた内壁が潤ってきて、動きがだんだん激しくなってくる。

「やぁっ、ひぁあ…んッ」

大きく腰を動かされて、龍偉の昂ぶりがさらに奥深くへと攻め入られる感覚に、弥月の意識が薄れていく。

首や胸に舌を這わされ強く吸われて、チリッとした痛みと共に、疼くような熱が点る。

「お前の肌に、花が咲いたようだ……」

痴態に煽られたように龍偉が腰を強く揺すり上げてきて、弥月はぼんやりと目を開き彼を見上げた。すぐ間近にある紫銀色の瞳が危うい熱を宿し、まっすぐに自分を見つめている。

「あ……あぁ、龍偉、さま」

弥月は視線を絡ませると手を彼の胸に当て、その逞しい心音を手のひらに感じながら腰を彼にすり寄せた。

「………ッ！」

龍偉が喉奥で小さく唸ると、腰を大きく突き入れ引き出し、中をゆっくりと掻き回す。

「……ぁ、あぁ……っ」

身体全部が、龍偉に侵食されてしまいそうだ。

「どれだけ貪っても足りぬ……弥月」

弥月の脚を抱え腰を打ちつけながら荒い息を吐く。

――あぁ…、龍偉さまもオレの身体で気持ち良くなってくれてるんだ。

そう思うとたまらなくて、もっともっと悦んで欲しいと弥月は夢中で彼にすがりついた。

弥月がほどなくして達ったあと、龍偉も目を閉じ歯を食いしばるようにして弥月の中に放った。

「あぁ……龍偉、さま……」

眉をひそめ少し開いた唇から荒い息を吐きながら汗ばんだ肌が重なってくる。

布一枚隔てずぴったりと重ねられた素肌と素肌が触れ合う感触が、恥ずかしくて、心地よくて……

弥月の唇から、うっとりとした吐息が漏れる。

――龍偉さま……。

弥月は心の中で名を何度も呼んだ。

必要とされ、求められる悦びが、心の底からじわりと湧き上がってくる。

上気している肌の龍紋が汗に光り、さらに色鮮やかに美しく浮かび上がっている。

台座からあふれるやわらかな光に照らされて、乱れた黄金色の髪が精悍に整った相貌をふちどるさまも、光沢のある褐色の肌に黒い龍紋が浮かび上がるその姿も神々しいほどに美しくて……弥月はただただ見入った。

ふと、合わさった肌の隙間から、赤い光が漏れているのに気づく。

それは、まるで龍偉の鼓動に呼応して輝きを増しているようで、それを見ていると幸せな気持ちになる。

「なにを笑っている」

密かに喜んでいたつもりなのに、彼に顔を覗き込まれ、問いかけられる。

「あ……えと、前に龍偉さまが言ってたように、オレの胸の光が貴方の鼓動の高まりに反応してるように思えたから……」

そう答えると、弥月は気恥ずかしさに目を伏せた。

「そうか……」

龍偉はしみじみとした口調で呟いて、弥月を抱き寄せると、上気した頬を撫でる。

「あ……」
そして唇が重なってきて——弥月は再び瞳を閉じた。

＊＊＊＊＊

このところ、また他の領土からの干渉や争い事が多くなった状況に、龍偉《ロンウェイ》は頭を悩ませていた。

黒龍領の領主として、広い領土も豊かな資源も、領民と大勢の部下すべてが自分の支配下にあり、それを命懸けて守るのも領主である王子の責務だと考えている。

青龍領の血気盛んな龍兵が黒龍領との境界付近を荒らしていると報告を受け、龍兵たちを率いて出陣した。

青龍領の領主、志明《チミン》は以前龍偉との戦いで鉤爪二本を無くし、龍王になる資格を失ったのはその負傷のせいだと自分を内心、恨んでいるのは分かっていた。

しかし力の差は歴然としており、龍として大事な鉤爪を失った青龍の王子は、もはや龍王としての道を閉ざされているも同然で、これ以上戦ったところで、無駄に兵を消耗させ、民を疲弊させるだけだというのに。

再び力で圧倒し、勝敗を決したところで、深追いはせずに帰還しようとした時——青龍の王子が、背後から不意打ちで我が軍に攻撃を仕掛けてきたのだ。

龍同士の戦いは、周囲にも大きな影響をもたらすため、人里から離れた場所で、雌雄を決した時点で戦をやめなくてはならない。

とっさに反応したものの、本来ならば禁じ手である勝負のついたあとの攻撃に完全に不意を突かれ、なんとか自軍の兵士をかばうだけで精いっぱいだった。

卑怯な行為であり、誇りある龍国の王子としてありえない青龍の王子の行動を責める気持ちはあるが、油断した自分にも落ち度はある。

分からない。

自分にいくら傷をつけたとしても、彼の利となるものはなく、むしろ兵や民たちの不信を買うだけだというのに、なにが彼をそこまで駆り立てるのか――。

このところの他領の不穏な動きに、思い当たるふしがあるとすれば……やはり、龍偉が『龍の御子』である弥月を手に入れた事実が他の王子たちにも知られてしまったのだろう、ということくらいだ。

弥月の身の安全のため、『龍の御子』を手に入れたことを公言はしていないが、龍偉も『龍の御子』の気配をたどり、探し続けてきたのだ。他の王子もその気配を察することができる以上、同じ大陸にいれば気づかれても不思議はなかった。

――やはり、弥月が狙われている……？

その考えがよぎった瞬間、ゾワリ、と総毛立つほどの怒りと、腹の底が冷えるような悪寒が走って、龍偉はブルリと肩を震わせた。

しかし青龍の王子が弥月を手に入れたところで、龍王としての芽がほぼない彼にとって、宝の持ち腐れになるだけだというのに。

不可解で後味の悪い戦の結末に苛立ちはいや増し、龍偉は油断の代償として負った傷の痛みに耐え、なんとか黒龍城へと戻ってきた。

いつも戦のあとは獰猛な衝動が身体の奥に渦巻いていて、不穏な空気をまとった自分を恐れ、誰も近づこうとはしない。

龍同士の戦は、力あるもの同士ゆえ、熾烈で激しかった。

相手がどんな強敵であろうと多勢であろうとも、自分が先頭切って敵の中に飛び込み、戦うことになる。

こうした強い領主であり続けるからこそ、側近や兵士、全領民から信頼され崇拝されているのだ。

うかつにも切り傷や打撲傷を負うこともあるが、怪我をするということは己の未熟さゆえであり、弱さの証拠でもあると自分を厳しく戒め、鍛練を積み重ねてきた。

強国の王子としての威厳を保つためにも、部下たちに無様な姿を見せたくはなかった。それゆえ、あまりもの痛みでいつものように平静が保てない時は、聖洞でひたすら身体を癒やし、なんとかやり過ごしている。

激痛が静まるまでの二、三日は世話係も側近も寄せつけない。

今まで頑なにその姿勢を守り、貫いてきた。……なのに、

——け、怪我してるんじゃないかって、思って。

弥月にそう言われた時、自分の弱みを指摘されたようで愕然とした。

今まで誰にも見せなかった傷を見られたことに呆然とし、それほどに弥月の前では無防備になっていたのかと思い知らされた。

この国の者ではないからか。自分が龍王となった暁には……いずれは無用となる人間だからなのか。

そんなことを考えていると——思いがけず、弥月に触れられた。

その時、小さな手のひらから、なんともいえぬ優しくあたたかい気がじわりと傷ついた身体に染み込んでいくのを感じて、龍偉はうろたえた。

それでも、離れていく手のひらに、思わず「もっと、触れていてくれないか」と引き留めてしまった。

今まで感じたことがなかった、どこまでも優しくあたたかなその感覚に陶然と浸りながら、弱い部分をさらしてしまったにもかかわらず、どうしてこんなにも満たされているのかと不思議でたまらなかった。

これもすべて、弥月が『龍の御子』だからなのか。

……分からない。

弥月から両手を差し伸べ抱きついてきた瞬間、肩の傷に触れられた痛みを凌駕する苦しいほどの疼きが胸に湧き起こり、今まで抑えてきた理性が音を立てて崩れてしまった。

飢えたように貪りながらも、それでもまだ足りないと、心が叫んでいた。

——弥月、俺のことは黒龍さま、ではなく龍偉と呼んでくれ。

なぜか「黒龍さま」と呼ばれることが歯痒く焦れったく思えて、そんな言葉が口をついて出た。

『黒龍の生まれ変わり』として崇められることに慣れている龍偉にとって、「黒龍」として呼ばれることが当たり前だというのに、なぜ。

不可解な自分の言動に戸惑っていたが。

――……龍偉、さま……。

快感と羞恥にとろりと潤んだ瞳を何度か瞬かせたあと、うれしそうに名前を呼んでふにゃりとはにかんだ笑みを浮かべる弥月を見て、胸の内側をやわらかな羽根で撫でられるようなむず痒さと、腹の底がじわりと熱くなるような感覚に陥って……なんとも名状しがたい気持ちになる。

どうでもいい相手なら名前など覚えてもらう必要はない。しかし弥月は大切な『龍の御子』だから……なのだろう。

そう自分の言動を理由付けると、龍偉は不可解なもやもやとした感情を内に秘め、ただひたすら弥月を求めた。

それにしても――傷を負ったことなど失念してしまうほどに、弥月との情交に夢中になってしまうなど。今まで、どんな美姫に対してもこんなことは一度たりともなかったというのに。

――龍偉……さま……っ。

名を呼ぶ時の弥月の声や息遣いが雄の本能をますます掻き立てる。

細くて未成熟で今にも壊れてしまいそうな身体なのに、猛った昂ぶりをどこまでも受け入れ、やんわりと締めつけてくる心地よさに夢中になった。

龍王高昇のいう情を引き出すためだとうそぶいて、感じやすい弥月の身体に触れて、愛撫の真似事をしていた。していたはず、だった。

だが気がつけば、様々な媚態や仕草に煽られてしまっていたのは自分のほうだった。

快感に耐える表情も、震える吐息や快感に喘ぐ声、涙にかすむ瞳も、熱く蕩ける内奥の感触も……

そのすべてがこの五感に生々しく残っていて、龍偉を侵食していた。

そして左肩から背にかけての裂傷を水で懸命に冷やしながら背中を撫でていた手の優しい感触を思い出すと、情欲とはまた別の感情が押し寄せてきて、胸が熱くなる。

ついまた弥月のことを思い出している自分を戒め、龍偉はぐっと奥歯を噛み締めた。

龍偉自身、その意味を理解できないまま、弥月が無垢なのをいいことに、快楽を与えてその反応を愛だと吹き込んできた。

だが……ひたすらに愚直に、本心でぶつかってくる相手に、情を知らぬ自分がただ表面的に取り繕ったただけのこんな偽りの気持ちがいつまでも通用するはずがないと、焦燥感が募る。

いつまで、自分はこのまっすぐであたたかな魂を持つこの存在に触れていられるのだろう。

そう考えた瞬間、龍偉の胸に今まで感じたことのない、疼くような痛みが落ちた。


窓の外を、鳥が何度も羽ばたいては近くの樹の枝に止まり、また建物のほうへ飛んでいく。

翼を広げればかなりの大きさになるであろう鳥が、朝から何度かそれを繰り返しているのを、龍偉は執務室から眺めていた。

またこちらに飛んできた鳥が今度は目の前の露台の彫像の上に止まり、猛禽類特有の鋭い目で周囲を見回している。

頭から腰にかけて青灰色の羽、背中や翼は茶褐色で黄色い足はがっしりと大きく、龍偉と目が合っても恐れる様子はない。

「殿下、最近若鳥がよくこの黒龍城の窓の傍で飛ぶ練習をしているのをご存知ですか」

書類に押印を求めて執務室に入ってきた側近が、窓の外を覗きながら問いかけた。

「ああ、どこからか巣立ちしたようだな」

龍偉はその鉤型の鋭いくちばしを見ながら、弥月の拾った雛のことを思い出していた。

弥月が雛を拾ってきて、自分の意に反して、こっそりと飼っていたのは知っていた。

予想外に頑固で芯の強い弥月にこれ以上口を挟んでも仕方ないと静観していたが、あの死にかけていた雛がまさかこんなにも立派に育つとは。

「あれは隼の仲間ですよ。高いところから急降下して農作物を荒らす野鼠や害鳥を捕食するので、農民からは大変ありがたがられているようです」

側近はどうやら鳥に詳しいらしく、そう言って鳥を嬉しそうに見上げていた。

無駄だ、と自分が切り捨てた命が、今、こうして青空に羽ばたいて、民の暮らしの中に根付いている。

――お前も、弥月の慈悲に助けられたのか。

龍偉は心の内でそう呟きながら、また翼を大きく広げて旋回し大空高く飛んでいく鳥を見送った。

＊＊＊＊＊

差し込むうららかな陽光に引き寄せられるようにして、弥月は窓辺へと近づいた。

龍偉の怪我が一日でも早く良くなりますようにと、朝晩欠かさず手を合わせ、そう祈っている。

一国の王子であり、四大龍である黒龍の『始祖の生まれ変わり』という特異な存在である彼の苦悩を、一介の人間である自分には推し量れるはずもない。

けれど、少しでも彼の役に立ちたかった。必要とされたかった。

なのに、彼に一度触れられるともっともっと触れて欲しくなって、我を忘れて求めてしまって……。

「龍偉さま、傷の痛みがひどくなってなければいいけど……」

最後は快感のあまり意識をなくして、龍偉を気遣うこともできなかった。

自分の身体なのに自分では思うようにならない。

弥月はまた疼きがぶり返した腰を庇いながら、もう習慣のようになっている窓の外を背伸びして眺めた。

最初に見た時よりもずいぶん山の雪が少なくなって、近くの森の緑も深みを増し、力強く繁って濃くなってきた。

「もう、夏の盛りなのかな」

この部屋は龍術によって快適な室温に保たれてほとんど変わらないけれど、外の景色に自分の好きな緑が増えてきて、うれしくなってしまう。

陽が落ちて月が出て、そしてまた朝陽が昇る。当たり前の自然の営みさえも、この国に来てからというもの、一瞬一瞬が新鮮で、目にする木々や草花も今まで以上に愛おしく感じる。

外の景色を見るたびに、以前花畑で会った少年が「またな」と言ってくれたことを思い出し、胸がチクリと痛む。

最近、龍偉は多忙を極めていて、あんな風に一緒に出歩くどころか、食事ですら顔を合わせることができない日々が続いていた。

きっと、こうして龍偉の傍にいられる時間も、限られたものなのだろう。

そう思えばこそ、ここにいて目にする風景はなおさらに貴重に思えて、切ない気持ちが胸に込み上げてくる。

「弥月」

窓辺で外の風景を眺めていた弥月は龍偉に声をかけられ、驚きに目を見開いた。

「龍偉さまっ」

急いで振り向くと、入り口からこちらに近づいてくる彼の姿を見つけて、弥月は笑みを零す。

「いつもそこにいるな。そんなにここの景色を見るのが好きか？」

「うん。毎日違う風景が見られて、楽しいよ」

ここにいられる間に、黒龍城から見える雄大な景色を目に焼き付けておこうと、気がつけばこうして窓辺に立って外を眺めていた。

「そうか……お前には、そんな風に見えているのだな」

龍偉がそう言って、弥月の後ろから窓の外を見る。

彼の執務室からも黒龍城の広大な庭や遠く正門まで続く広い道、そして遠くに見える山脈を見ることができるけれど、外の景色をゆっくり眺める暇などないのだろう。

美しく刈り込まれた木立が遠くまで続いていて、その先には突き抜けるような青い空が広がっている。そんな風景を見ていると、なんともいえずすがすがしい気持ちになる。

「今日は珍しく風もなく、空も穏やかだな」

弥月の肩を後ろから抱くようにして、龍偉が同じように空を見上げ、そう声をかけてきた。

「だね。オレもそう思ってたんだ」

龍偉の口からそんな感想を聞けるなんて、以前の彼からは考えられないことだ。こうして二人、一緒に自然を眺めることとも。

彼のそんな変化に驚きつつ、弥月はうれしさに顔をほころばせる。

「弥月、俺と一緒に空を飛んでみるか」

「……え、飛ぶの？　龍偉さまと？」

突拍子もない提案に、弥月は思わずぽかんとしてしまう。

「この大陸に連れてきた時も俺が乗せて飛んだのだぞ。あの時は状況が状況だったゆえ、お前はほとんど覚えていないだろうが」

「でも、今は怪我してるのに……」

「怪我が治ったから、誘っているのだ。……こんなに早く傷が癒えたのは、弥月のおかげだからな」

不安が消えない弥月に、龍偉がきっぱりとそう告げた。

自分のおかげだと言ってくれる彼の言葉がなんとも面映ゆくて、よかった、と弥月は笑み崩れる。

「……だからもう一度、俺が空へと連れていってやろう。牛車などでは味わえない体験ができるぞ」

そう言って、龍偉は悪戯っぽく微笑う。

「うん…っ。オレ、飛んでみたい！」

龍となった龍偉と同じ景色を見てみたい。

なによりも、彼と少しでも同じ時間を一緒に過ごしていたかった。

「地上はあたたかくとも上空は風がある。これを羽織ったほうがいい」

「あ、ありがとう」

厚みのある黒い外套を弥月の肩に着せかけてくれた。

「俺の物だから少し重いかもしれないが、風除けにはいいだろう」

そう言いながら衿元の釦を留めてくれる。

「龍偉さまのなんだ……あはっ、やっぱおっきいね。すごくあったかいよ」

気遣いがうれしくて、外套の両端を持って前で合わせたら、龍偉の匂いにふわりと包まれて、まるで彼に優しく抱かれているみたいな感覚になる。

ついそんなことを思ってしまう自分が恥ずかしくて、弥月ははにかんだ笑みを零した。

「さあ、行くぞ」

そう言って龍偉は弥月の手を取り、庭園の広い場所に出た。

頬を撫でる風が気持ちよくて、思わずうっとりしていると、

「弥月、少し離れていろ」

そう声をかけられて、弥月は緊張しながら龍偉から距離を取る。

すると、龍偉の気配が変わり、ざわり、とその長い髪の毛が波打ったかと思うと、地表から光の粒子が立ち昇って彼の身体を覆っていき――大量に流れ込んでいくその光が繭のように全身を包み込んだかと思うと、その瞬間、ぶわりと大きく膨らんで、まばゆい光を放った。

眩しくて思わず目をつぶった弥月は、『弥月』と、先ほどより響きのある声で呼ばれ、恐る恐るまぶたを開く。

するとすぐ目の前に、巨大な黒龍がこちらを見下ろしていた。

「龍偉さま…っ、もう近寄ってもいい？」

『ああ』

弥月はうれしくなって黒龍に近づくと、その固く漆黒の鱗で覆われた身体をそっと撫でた。

龍と化しても、黄金色の長いたてがみと紫銀色の冴え冴えとした瞳の色は人の姿の時と同じだった。

手当てした時もこの姿を間近で見たけれど、怪我が心配で、こんな風にしみじみと眺める余裕などなかった。こうして白昼堂々と黒龍となった龍偉と接するのは初めてで、弥月の気分は昂ぶるばかり

だった。

『さあ、俺の背中に乗れ』

龍偉はそう言うなり弥月を手の上に乗せて、背へと近づけた。

「龍偉さまの背に？」

『どうした、怖いか』

ためらう弥月に、龍偉が眉間に皺を寄せて問う。

「ううん、そうじゃなくて……いいのかな、王子様の背に乗るなんて……」

『前と同じように手のひらに乗せてもいいが、それだと俺につかまれて宙にぶらさがった形になるから、意識がある状態では相当怖いと思うぞ。……それでも良いのか？』

ためらっていると、意地悪に口許を吊り上げた彼にそう問われて、うっ、と弥月は返答に詰まる。

そんな弥月の反応に小さく微笑ったあと、ふと真剣な顔をすると、

『確かに誰かを背に乗せるなど、今まで考えもしなかった。……だがお前だから、特別だ』

龍偉は弥月を見つめ、そう言い切った。

うれしくて、照れ臭くて……あふれる感情を持て余して、弥月は彼の手にすりすりと頬をすり付けて喜びを表すと、

「ありがと……うんっ、じゃあ乗せてもらうね」

弾みをつけるように大きくうなずき、彼の手から背へと慎重に飛び移った。

「なるべく首の近くに座るほうが楽だからな。たてがみをしっかりつかんでいるんだぞ」

「うんっ」

頭部から尾まで続く、見事な金色のたてがみ。緊張しつつもそれをグッと握り締め、身体が安定する体勢を探りつつ背にまたがった。

全身固い鱗に覆われているけれど、その下に筋肉が張り詰めているのが分かるしなやかさがあり、さらに長めの外套とたてがみが緩衝材となって、思ったよりも座り心地がいい。

『では、行くぞ』

弥月の準備が整うのを見計らい、黒龍と化した龍偉の身体がすうっと浮かび上がった。

「ひゃ……ッ！」

吸い上げられるように上昇する不思議な感覚に、弥月は目を閉じて夢中で龍偉にしがみつく。

『弥月。ほら、下を見てみろ』

やがてふわりと空中で止まったような感覚がして、恐る恐る目を開けて下を覗く。

すると眼下には、雄大な霊峰の峰の中に建つ壮麗な黒龍城、そして美しく手入れされた広大な庭園……まるで夢のような景色が広がっていた。

「わぁ……大きくて、綺麗だ……」

部屋や庭で眺めるのとは違い、こうして上空から見ると、金細工で飾られた白亜の優雅な外観を誇る黒龍城の荘厳さに圧倒される。

そしてさらに龍偉が下降していくと、視界の雲が晴れ、小高い場所にある黒龍城を取り囲むようにして、立派な建物が整然と建ち並ぶ大きな城下町が、見渡す限り、遥か遠くまで広がっているのが目に飛び込んできた。

「すごいすごい！　まるで鳥になったみたいだ」

『龍ではなく、鳥か。その小さな身体だとそのほうがしっくりくるのかもしれんな』

紺碧の空を渡り、雲を突き抜けて飛ぶ爽快感にはしゃぐ弥月に、龍偉が苦笑交じりに呟く。

龍偉は様々な建物や街の様子を弥月に説明しながら、悠然と空中を移動していった。

やがて家々が途切れていき、大きな原野が広がる場所へと出た。

街外れには大きな川があって、その向こうには一面緑豊かな田園風景が広がり、空には鳥が舞い、たくさんの山羊やヤクが草を食んでいる牧場も見える。

「綺麗なだけじゃなくて、すごく豊かな領地なんだね」

これが、龍偉の治める領地——部屋に閉じ籠もっていたのでは分からなかった。彼が命を賭して外敵から守り、築き上げてきた場所なのだと実感して、弥月の胸が熱くなる。

龍偉は流れに逆らうように川の上流へと飛び続けていくと、川幅がだんだん狭くなり、緩やかな流れが急流となってごつごつした岩が両側に聳《そび》える渓谷へと入っていった。

切り立った岩肌が迫る険しい谷の狭間を飛ぶ怖さに、つい身体を固くして龍偉にしがみつく。

『弥月、あの右側にある洞穴が龍門だ』

言われたほうを見ると、崖の下方に大きな洞穴が暗い口を開けている。

まるで魔物が大きな口を開けて激流を飲んでいるように見えて、弥月は背を震わせる。

『龍門の中は暗いから、俺にしっかりとつかまっているんだぞ』

言うなりその大きな洞穴の中へ、背を波打たせるようにして、勢いよく入っていく。

「ひぁ……ッ！」

その速さに、思わず目を固くつぶり、龍偉にしがみつく。

やがて激流の音も静かになり、龍偉の飛ぶ速さも緩んだのを感じて、弥月はようやく緊張に強張っていた身体の力をゆるめた。

『弥月、周りを見てみろ』

龍偉の声が大きく反響する。そっと目を開いてみると、そこは城の大広間ほどもある広い空間になっていて、遥か高い場所にある岩の割れ目から日光が細く差し込み、奇岩の間を縫うように流れる水を、驚くほどの透明な青色に光らせていた。

「すごい、山の中にこんな広い場所があるなんて……まるで地下の宮殿みたいだね」

差し込む光に青く透き通る流れ、白い石柱の広い空間。さらに奥に進むと、壁や天井から白く輝くつららのようなものがいくつも下がり、それが巨大な柱となったり様々な形を作ったりしていて、見たこともない世界に目を奪われる。

『ここは龍にとって神聖な場所だ。この景色を弥月に見せてやりたかった』

「ありがとう、龍偉さま……すごく綺麗だ」

龍人でもない自分に神聖な場所を見せてくれた龍偉に感謝して、弥月はその神秘的な景色に見入った。

『しかし、この奥から先は狭い暗流となっているから、弥月と通るのは無理だな』

龍偉はそう言うと、高い場所にある岩の裂け目に向かって頭を上げ空を目指していく。

暗い洞窟の中に差し込む一条の光の中を、弥月を背にまるで昇り龍のように勇ましく上昇し、勢いよく山の上に躍り出た。

「わぁっ、高い……っ」

今度は眩しさに目をしばしばと瞬きながら、山の峰が連なる美しい風景を見下ろす。まだ山頂に雪が残ったままの山々もすぐ近くに見える。

部屋の窓から格子にすがり、いつも見ていたあの山々を、こうして龍偉と一緒に見ている……そう思うと感動に胸がいっぱいになる。

山の裾野には風に揺れる草原や綺麗な花が咲き乱れ、山肌のあちらこちらから細い滝が流れ落ちている。

「ここまで滝の音が聞こえてくるよ。風が涼しいし気持ちいいね」

『気に入ったなら、ここらでひと休みするか』

龍偉は近くの山頂にあるわずかに開けた場所にゆっくりと降り立った。

「龍偉さま、いっぱい飛んだから疲れてない？」

「これごときで疲れていたのでは他領まで行って戦などできないさ。まあ人を乗せて飛んだのは初めてだから、少し緊張はしたが」

体調を心配する弥月の横で、黒龍から人の姿に戻り立ち上がった龍偉が、大きく身体を伸ばし深呼吸をしている。

弥月も同じように横に立って大きく背伸びしながら、その気持ち良さに思わずうっとりとしたため息が漏れた。

懐かしい、山の風景。

こんな自然の山の中で龍偉と一緒にいられる幸せに胸がいっぱいになる。

山の上は木々が豊かに繁り、鳥たちの鳴き声も聞こえてくる。

のんびり穏やかな気分に浸っていたその時、小鳥が一斉に羽ばたいて、どこかへ飛んでいってしまった。

「どうしたんだろう……」

キィキィと聞き覚えのある鳴き声がして、すぐ横の梢に小鳥を脅した犯人を見つけ、「ピィ……!」と呼びかけてしまい、弥月は慌てて口をつぐんだ。

「あの鳥、街の外れあたりからずっと後ろをついて飛んでいたのに、知らなかったのか」

龍偉にそう指摘され、弥月は驚きに目を丸くする。

「そうだったんだ……」

気づかなくてごめん、と心の中で詫びながら、鋭い視線で周りを見回しているピィを見上げた。

「……ずいぶん、立派に育ったものだ」

その一言に、龍偉がずっと雛を育てているのを知らないふりをしてくれていたんだと知って、弥月は大きく目を見開く。

「龍偉さま……黙ってて、ごめんなさい」

彼の言いつけに背き、隠れてピィを飼っていたことを怒っているだろうと、弥月はうなだれ、恐る恐る龍偉の横顔を窺う。すると、

「……俺は、『駄目だった時にお前の落胆が大きくなるだけだ』と言ったが、お前は見事に雛を育て上げた。俺の言葉は杞憂に終わったのだから、なにも謝ることなどない。……よく頑張ったな」

龍偉はフ…ッ、と笑みを浮かべ、くしゃりと弥月の頭を撫でた。

そう言ってもらえたことがうれしくて、髪を撫でてくれる大きな手のひらがあたたかくて、弥月はふにゃりと笑う。

彼に隠し事をしていた後ろめたさから解放され、心が軽くなって、胸がぽかぽかとあたたかくなる。

しばらくその大きな翼を見せつけるようにピィは二人の周囲を舞っていたけれど、弥月の幸せそうな様子を見届けたかのように、ピイィ…！　と一際甲高く鳴くと、やがてなにか獲物でも見つけたのか、サッと飛び立ち大きく旋回すると、翼をすぼめるようにしてすごい勢いで谷を急降下していった。

「鳥は……自由だな」

消えていくピィの姿を見送り、龍偉がぽつりと呟く。

「龍偉さま……」

生まれながらにして黒龍の生まれ変わりとしてこの黒龍領を治め、次期龍王候補として過酷な権力争いに身を投じることを宿命付けられた彼を思い、弥月は胸が苦しくなった。

「弥月、その先は崖になっているから近づくな」

物思いに沈んでいたせいでいつの間にか崖の端まで来た弥月に、龍偉が焦ったように声をかけ、腰

を抱き寄せてきた。

「う、うん。ごめん」

下を見やると、確かに言葉通り深い谷となっていて、目眩がしそうな高さだ。それでも、龍偉にこうして支えてもらっていると、ちっとも怖くなかった。

ふと目を上げると、向こうの山の異様さが目について、弥月は眉をひそめる。

「ねえ、龍偉さま。この山はこんなにも緑が豊かで美しいのに、あっち側の山は木や草が少なくて、土地もすごく荒れてるみたいだけど……どうして？」

弥月の問いに、龍偉は荒涼とした山地を眺めて苦い顔をする。

「あの山地はこの黒龍領の北の果ての境界線の近くで、あの深い場所には龍脈が何本も走っているんだ」

「龍脈って……地面の中にある気の流れのこと？」

「そうだ。大気に気の流れがあるように、大地の中にも気の流れがある。それを龍脈と呼ぶが、龍脈が動くと大地が揺れ山が崩れる。地中に気が溜まり堪えきれなくなると龍穴から火を噴き上げたり、または膨大な水を吐き出し洪水を起こしたりする。龍脈が多く張り巡らされたこの国では、その力の奔流の皺寄せがどうしてもどこかに出てしまう。その負の力をここに集約している」

晋平の言葉を思い出して尋ねる弥月に、龍偉はうなずいた。

「他の街や村のために、この一帯は犠牲になってるってこと……？」

「……この村はそれ以前に大きな過ちを犯し、朽ち果ててしまった。住む者もいなくなった死の村だ」

――ほら、山が大きく焼け落ちて、崩れてるところがあるだろ。……あれ、黒龍様が自分に歯向かった集落を罰するためにやったんだってさ。

様々なところを飛び、洞窟をくぐってここまで来たから気づかなかったけれど……以前、少年が言っていた集落、というのがここなのだと知って、弥月は慄然とする。

あの焼け崩れた山肌は遠目から見ても、栄えた街や緑豊かなこの国で異様な光景として目に焼き付いている。

「どの道どこかを犠牲にしなければならないのならば、少しでも損害の少ない場所であるべきだ。だから、もう住む者のないこの地を選んだ。それだけのことだ」

――国を危機から守るという大義の前には、愚かな過ちを犯し復旧の可能性の極めて低い小さな村の犠牲もやむなし……それが、黒龍王子たる龍偉殿下のご意志であり、覚悟なのですよ。

晋平の証言を裏付けるような龍偉の言葉に、弥月はうつむいて唇を噛み締める。

「それでもさ……いつか、ここにもまた人が住めるようになればいいね」

「……そうだな」

弥月がそう呟くと、龍偉はどこか遠い目をして、赤茶けて荒涼とした土地を見やった。

この領土をどこよりも豊かにしたという龍偉でも、力の及ばないこともあるのだということを知った。

胸苦しさを逃そうと息をつき、ふと視線を上げると、木々の緑の中にある朱色の実が目に入って、弥月は「あ…っ」と声を上げる。

「龍偉さまっ。姫楮《ひめこうぞ》の木だよ。実も生ってる！」

重苦しい空気を払おうと、木の実を指差してはしゃいでみせた。

そうだ、と思い立って、弥月は赤い木の実を採って、龍偉に差し出す。

「ほらっ。これ、食べてみて」

龍偉がどれ、と一つつまんで口に入れたとたん、渋く顔をしかめて「……なんだ、これは」と呟いた。

「あははっ、ひどいなぁ。結構美味しいのにさ」

ご馳走を食べ慣れた彼には貧相な食べ物なのだろうけど、姫楮は実が食べられるだけではなくて樹皮が利用できる。弥月にとっては大切な生活の糧だった。山の動物たちと競い合って採ったことを思い出して、弥月は笑みを浮かべる。

はしゃぐ弥月を見つめ、龍偉もフ…ッと微笑う。

これでいい。

先のことを不安に思い、沈むよりも……今は龍偉といられる瞬間を、少しでも楽しい思い出としてこの胸に刻み付けておきたかった。

「ああ、早莢《さいかち》の樹もまだたくさん花をつけてる。綺麗だな」

こんな辺鄙な山中なのに、たくさんの樹があって美しい。これも龍偉が領土をしっかり守っているからだと思うと、余計に愛しく感じる。

龍偉が龍王になれば……今よりもさらに巨大な力を得て、いつか荒れ果ててしまったあの地すらも、豊かな緑の地にできるかもしれない。

そのためにも、自分が『龍の御子』としてできることがあるならば、その使命を果たしたい。きっとそれが、自分がここに来た意味だから。

土くれだらけの荒れ地を見つめ、弥月は胸の欠片を確かめるようにぎゅっと手を当てた。


再び龍の姿となった龍偉《ロンウェイ》は、弥月を乗せて黒龍城へと戻ると、

『――降下するぞ。しっかりつかまっていろ』

そう言って大きな翼を広げ、ゆっくりと庭園へと降り立った。

龍偉と同じ景色を見て、共に飛ぶことができて……彼と同じ気持ちが味わえた気がして、弥月はしみじみと夢のような空の旅の記憶を噛み締めつつ、ふさふさとした黄金のたてがみに頬ずりする。

帰りにまたピィが傍まで近づいてきて、一緒に並んで飛んだり、弥月の腕に止まったりしてじゃれついてくるのを見やり、『ここまで俺を恐れぬとは……鳥も育てた者に似るのか?』と真剣な声色で言う龍偉に思わず吹き出したことを思い出して、弥月は微笑む。

今日の空の旅で、知らなかった龍偉の一面を、また垣間見ることができた気がする。

「すごく楽しかった……ありがとう、龍偉さま……」

もう降りなければと、と思うものの、楽しすぎて、名残惜しくて、その背にぎゅっとしがみつくと、龍偉が長い首を捻ってこちらを振り向き、弥月の髪にスリ、と鼻先を擦りつけてきた。

『……俺もだ』

「龍偉さま……」

どこか面映ゆそうに短くそう告げた彼に、弥月の胸はぎゅっと甘苦しく引き絞られる。

弥月は引き寄せられるようにしてその大きな口にくちづけようとした、その時、

「――おやおや。誰よりも龍人としてのプライドが高い君が、まさか人を背に乗せる日が来るとは思わなかったよ」

けれど突然聞こえてきた声に、ハッとして二人、顔を離す。

龍偉の背から降ろされた弥月は、その声の主を見た。

鮮やかな銀髪のその男性は、服装や雰囲気がこの黒龍城の兵士たちとは明らかに違う。豪華な織物の衣装と宝玉を散りばめた装飾品を身に着けていて、一目で地位の高い人だと分かった。

「……これは秀英《シウイン》殿」

人の姿に戻った龍偉は、銀髪の男性を見やり、低い声で応える。

「申し訳ございません、龍偉様…っ。御用達の商人の馬車に同乗してお越しになられましたので、白龍様の存在に気づくのが遅れてしまい……お留守だとお伝えしたのですが、強引にこの庭園に居座られてしまいまして」

「……仕方あるまい。どの道、会いもせずに叩き出すわけにもいかないだろう」

慌てた様子で耳打ちする側近に、龍偉は長いため息をついて、銀髪の男性へと向き直った。

「ようこそ我が黒龍城へ、秀英殿。しかし白龍領の領主ともあろう者が、訪問の前触れもなく、いき

なりお忍びでここまでやってくるとは酔狂がすぎるな。一報をくれれば、盛大に迎えさせてもらったものを」

龍偉はさりげなく弥月をかばうように背に隠し、そう言って肩をすくめた。

「ありがたいお心遣いだが、それではこの可愛い少年に会えなかった……そうだろう?」

秀英は龍偉の牽制も意に介さず、といった様子でこちらへと近づいてきた。

その瞬間、場に緊張が走る。

二人の声は穏やかに聞こえるが、互いに眼光鋭く睨み合う視線はまるで目に見えない火花が散っているようで、弥月は思わず身震いした。

「――やっと会えた……私も、ずっと探していたんだ」

「え……?」

感慨深そうな声と共に進み出た秀英にうやうやしく目の前で跪かれ、弥月は思わず驚きに息を呑む。

「『龍の御子』である貴方を、ね。私は、四大龍の一人、白龍の『始祖の生まれ変わり』秀英だ」

――彼が……四大龍の『生まれ変わり』の一人、白龍の王子なんだ……。

晋平に教わったことを思い出して、弥月はその男性をまじまじと眺める。

秀英と呼ばれた男性は、龍偉に負けず劣らず背が高く、太陽を受けて光る銀色の美しい髪と赤味がかった茶色の瞳が印象的な美丈夫だった。

「龍王候補の一人として、貴方の情を賜りたく、ここまでやってきたのだよ。『龍の御子』……私にも教えて欲しい。貴方のことを……」

「あ、あの、オレ……」

そっと手を取られて乞われ、その丁寧すぎる扱いに弥月は困惑に固まってしまう。

「手を離せ。なにを根拠に、こいつを『龍の御子』だと断言している？」

言いざま秀英の手をはねのけると、龍偉が立ちはだかるようにして身を割り込ませてきた。

「愚問だね。君と同じさ……この子の存在そのものに、惹き付けられる……熱く疼くんだよ、この身に刻まれた龍紋がね」

自分の胸に手をやり、秀英はうっとりとした表情でそう告げると、ふいに片眉をつり上げ、

「しかし君のその態度を見て、さらに確信を深めたよ。そもそも君がその背に乗せる人物など、他にいるはずもないが」

挑発的なまなざしで龍偉を見やる。

「……とどのつまり、なにをしに来た？」

「まずは、『龍の御子』に贈り物を。そのために御用達の商人に大枚を叩いたのだからね」

秀英はそう言うと、おもむろに少し離れた場所に控えていた商人を呼び、目の前に絨毯を広げてその上にいくつもの箱を並べさせる。

「草の上に広げるというのも少しぶしつけだが、許してくれたまえ。どうやらこの様子では、宮殿の中にまでは招いてくれなさそうだからね」

そう言って、彼は大きな箱のひとつを開くと――まばゆいばかりの輝きを放つ、宝石や金銀の装飾品の数々が現れて、弥月は思わずたじろいだ。

「貴金属が多く採れる我が領土でもめったにお目にかかれない純度の高く貴重な白金と選りすぐりの宝珠で作った装飾品だ。どれも最高の素材のみを使って名工に作らせた逸品だと自負している」

そう言う秀英自身もまた、数多くの宝玉で飾られた装身具を身に着けていた。

さらに次々と箱が開けられていって、そのたびに芸術的な意匠が施された素晴らしい装飾品の品々があらわになっていく。

「さあ、受け取ってくれ。『龍の御子』よ。これらすべて、貴方のために作らせたのだから」

宝玉を手に迫る秀英に、弥月はふるふると首を横に振って後ずさる。

「オ…オレ、こんな高そうなもの、もらえないよ…っ」

綺羅綺羅しい輝きを放つ見事な宝玉たちを前にしても、弥月は畏れ多さにただただ縮み上がるばかりだった。

「遠慮することはない。そうだな、君には派手な色合いのものよりも、純粋な透明さと煌めきを持つ金剛石や深く上品な色合いの瑠璃をあしらったものが似合いそうだ……私の選んだ宝玉でその身体を飾れば、さらにその白い肌は美しく輝くことだろう」

甘く囁きながら、秀英は大ぶりの金剛石と瑠璃が散りばめられた首飾りを手に取り、固まる弥月の首へとかけてきた。

「勝手なことをするな。……弥月が欲しいというならば、ここにある品、俺がすべて買い取らせてもらう」

留め金を留めようとする手を阻んでそう宣言した龍偉に、秀英は苦く顔をゆがめる。

「そうやって、あくまですべて自分の手柄にするつもりか？　黒龍よ」

「……なにが言いたい」

「最初に『龍の御子』を見つけた時も、暴漢に襲われていたところを助けたそうだが……ずいぶん、都合よく駆けつけられたものだな」

「なに……？」

意味ありげにそう切り出され、龍偉は目をすがめる。

秀英のその言葉に引っかかりを感じて、弥月も眉根を寄せた。

「いやなに、例えばお前自身が暴漢をけしかけたのであれば、様子を見計らって助けの手を差し伸べられたかもしれない、と思ったまでだ」

秀英の指摘に、弥月はぎくりとして龍偉を見上げる。

「……戯れ言を」

そう吐き捨てる龍偉の横顔は、感情が見えない、冷たく研ぎ澄まされたものだった。けれど、

「あくまで例え話、だよ。……だが、龍王になるためなら、どんなことでもするといつも言っていただろう。それは裏を返せば他の候補者を蹴落とすために手段を選ばない、ということ……違うか？」

秀英がさらに突きつけてきた瞬間、龍偉の顔がわずかに強張るのを見て、ざわり…と不穏な胸のざわつきを覚え、弥月は胸元をきつく握り締める。

沈黙した龍偉と弥月を眺め、秀英はふいに優美な笑みを浮かべると、

「さて、そろそろ与太話はやめて本題に入るとしようか。――今日訪問させてもらったのは他でも

ない、『龍の御子』を、ぜひ我が白龍領に招待したい……そう申し出るために来たんだ」

そう切り出し、弥月へと手を差し伸べてきた。

「ふざけるな……！」

秀英のその言葉に、怒りを抑えきれなくなった様子でカッと目を見開き、龍偉が叫ぶ。

「ふざけるな？　それはこちらの台詞だ」

だが周囲の者を竦み上がらせるほどの威圧感に満ちた龍偉を前に、秀英も一歩も引かず睨み返した。

「『龍の御子』の情を受ける権利は、お前だけにあるのではない。私にも、ひいては四龍の『始祖の生まれ変わり』全員にある。なのにお前は最初に見つけ出したのをいいことに勝手に自分の下に囲い込み、尊い『龍の御子』をまるで己の所有物のように扱っているではないか」

「――……ッ」

そして秀英が放ってきた台詞に、龍偉は返す言葉を失った様子で押し黙り、ギリ…ッと歯を食いしばる。

「そうやって、この子を籠の鳥にして、自分しか知らない状態で他人を一切寄せ付けずに自分を選ばせて……それで真に『龍王』たる資格を得られるとでも？　ああ…、要はそこまでしなければ選ばれる自信がないというわけか？」

秀英は気障に肩をすくめ、さらに龍偉を煽る言葉を繰り出した。

「言わせておけば……」

龍偉と秀英、二人が不穏な気配をまとい、真正面から睨み合う。

まるでそこだけ荒々しく空気が乱れ、風が逆巻いているかと錯覚するほどに、全身の神経が逆立つような緊迫感の中。輝くような黄金の髪に褐色の肌の龍偉と、艶やかな銀の髪と青みを感じさせるほどの白い肌を持つ秀英、まったく違う美丈夫二人が、ひりつくような殺気を孕んで対峙するさまは美しくも恐ろしい光景として、弥月の目に強烈に焼き付いた。

じり、と距離を詰める龍偉の迫力に、傍に控えていた秀英の部下たちが前に回り攻撃を阻む。

「――どけ」

龍偉が低く這う声で一喝すると同時に、ぶわりと空気が膨張したかと錯覚するほどの怒気が発せられ――間近でそれを受けた秀英の部下たちは圧倒された様子でよろけ、後方に転げへたり込んだ。

そして龍偉が秀英の前に立ちはだかり、拳を強く握り締める。

「龍偉さま…ッ」

――このままでは、いけない……!!

そんな思いに突き動かされ、弥月は身を震わせながらも龍偉の上着の裾をつかみ、すがる思いで彼を見つめた。

すると、ハッとしたように龍偉が目を見開き、弥月を見る。

「ほう……ここで拳を収めるとは思わなかったよ。『龍の御子』の前ではずいぶん猫を被っているようだ。この子の目の前で、いつもの残虐ぶりを披露するのが怖いのか?」

秀英が不敵な笑みを浮かべると、

「残酷で冷徹な黒龍、龍偉殿。遠慮せず、君の本性を見せつければいい。……本当は他人の命など、この花の価値ほども感じていないのだろう？」

そう言って、すぐ傍に咲いていた美しい大輪の花へと、つと触れる。

そしてその花をパキリと手折り、鼻を近づけてその匂いを楽しんだあと、

「例えば野に咲く花を無粋に摘み取っても、用がなくなれば捨てる。それが黒龍である龍偉殿、お前のやり方だ。違うか？」

そう言って、無造作に投げ捨てた。

「……………ッ」

不吉な予兆のように、散らされた花が打ちひしがれたように草の上を転がるさまが目に焼き付いて……心臓にズキリと鋭い痛みが走り、弥月はぎゅっと胸元を握り締める。

「同じ王子である青龍、志明殿ですら、龍王候補を諦めざる得ないほどの怪我を負わせながら、その傷を『弱者ゆえだ』と嘲笑い、一切省みない――――そんな、他人を石ころ程度にしか感じないお前が『龍の御子』の傍に居続けて、その繊細な心を傷つけずにいられるのか？」

「……貴様とて、青龍のことを『間抜けなヤツだ』とせせら笑っていたくせに……急に同胞としての情に目覚めたとでも言うつもりか？　取って付けたような友情を振りかざすな、気色の悪い…ッ」

ギリ…ッ、と睨みつけ、そう叩きつけた龍偉に、秀英がムッとした様子で顔をしかめる。

「ふん、お前ほどではないさ。……だが、これ以上『龍の御子』の前で言い争うのはお互い、得策ではないようだな」

血の気を失い蒼ざめた弥月の顔をちらりと見やり、秀英は気まずげに眉を寄せ、語気を弱めた。

「驚かせてしまってすまなかった。『龍の御子』よ。だが考えてみて欲しい。この黒龍領しか知らず、そして龍偉殿しか知らず、彼を…、黒龍を選ぶのが、果たしてこの龍国全域を統べる次期龍王を選ぶという重責を担う『龍の御子』として本来あるべき姿なのか、ということを」

「あ、あの……でもオレ、いきなりそんな言われても……ごめんなさい、考えがまとまらなくて」

確かに、色々な場所を見て、『龍の御子』としてすべきことを見つけなければと思っていた。けれど……。

「ああ。今はそれでもいい。先を越されたことに焦り、どうやら少し事を急ぎすぎてしまったようだからね。今日のところは帰らせてもらうが、また会いに来るよ、『龍の御子』。どうかそれまでに考え直しておいて欲しい。……良い返事を待っているよ」

優しく弥月の頬を撫でてそう言うと、秀英は少し名残惜しそうに手を離し、彼は龍の姿となって、空へと飛び立っていく。

その姿は黒龍の龍偉とは対照的で、彼から贈られた白金より、どこまでも真っ白な輝きを放ちながら、やがて雲の中へと吸い込まれていった。

しばらく空の彼方へと消えていく白龍を見送ったあと、おずおずと龍偉を見やると——彼はまるで、道に迷った子供のような……今まで見せたことがない表情で、呆然と立ち尽くしていた。

——龍偉、さま……。

今、彼の心の中にはどんな思いが渦巻いているのだろう。

咲き乱れる花々の中にじっと立つ龍偉の姿が、山で初めて会った時のように遠い存在に思えて。ふいに哀しさが込み上げてきて、弥月は目を伏せた。

＊＊＊＊＊

元々多忙だった龍偉《ロンウェイ》だが、難航しそうな案件を抱え、ここしばらく慌ただしい日々が続いていた。

だがふと気を抜くと、龍偉の頭の中に何度もよみがえってくる。白龍、秀英《シウイン》……あの男が放った台詞の数々が。

——お前は最初に見つけ出したのをいいことに勝手に自分の下に囲い込み、尊い『龍の御子』をまるで己の所有物のように扱っているではないか。

また彼の言葉を思い出し、龍偉は眉根をきつく寄せてこめかみを押さえた。

あそこまで言われっぱなしでろくに言い返せなかったのは……腹立たしいが、その指摘が的を射ていたからだ。

そうだ。自分は他の龍王候補を、とりわけあの男、秀英を出し抜くつもりで弥月をこの黒龍城に連れてきた。誰にも弥月の存在を知られぬように閉じ込めて、優しくしてやれば、龍王高昇の言う「情」とやらを自分に注ぐようになるだろうと。

——そうやって、この子を籠の鳥にして、自分しか知らない状態で他人を一切寄せ付けずに自分を選ばせて……。

それのなにが悪い？　たった一つしかない玉座を奪い合うのだ。綺麗事など持ち出してどうする。出し抜かれるほうが間抜けなのだ。

——それで真に『龍王』たる資格を得られるとでも？　ああ…、要はそこまでしなければ選ばれる自信がないというわけか？

脳裏によぎった秀英の嘲りが、ズン、と胸に重くのしかかって、龍偉はその場で固まった。

「……俺、は……」

自分には、情というものが欠落している。

高昇に『お主らには、情、とりわけ愛情に乏しい。他者を慮るという感情が不足しておる』と言い放たれた時は、反発を覚えたが……今なら、その言葉の意味がよく分かる。

秀英が手折った大輪の花を捨てた時、自分には「花が落ちた」という以外、なんの感情も湧き起こらなかった。

だが、それを目撃した弥月の泣きそうに唇を震わせる哀しげな顔を見て、初めて物言わぬ花の痛みに考えが及び、「これは酷いことなのだ」と気づかされた。

あの隼の雛のことも、ただ自然の摂理の無情さとして片づけるだけだった自分に、弥月は立派な成鳥へと育て上げ、切り捨てようとしたものの可能性を教えてくれた。

——出して……うちに帰してくれよ…ッ。

気を失ったのをいいことに強引にこの黒龍城に連れて帰ったあと、様子を見に行った龍偉の耳に、目覚めた弥月が叫んだ哀しげな声が部屋の外にも漏れ聞こえていた。だが、それを自分は気づかぬ振りで無視した。

――あの、さ……他のところにも行ってみたいんだけど。

来たばかりの頃、外に出たいという弥月の訴えをはねつけ、逃げる身体を強引に腕に封じ込め、誤魔化すように抱き締めた。

不安だったのだ。

自分には、人の心が分からない。

力で奪い合うことは知っていても、高昇のいうような「情」が理解できない。

昔から寄ってくる女は多く、それなりに情を交わしてきたつもりだったが、それがどれほど薄っぺらく刹那的なものだったのかということを、弥月と出逢って初めて、まざまざと思い知った。

くちづけるだけで、肌を触れ合わせるだけで、甘く痺れるような充足感が身体に満ちる感覚を、なんと名付ければいいのか。

――なに言ってるんだよっ。空は青くて気持ちいいし、太陽の光で緑がキラキラして綺麗だし、鳥や虫の声が聞こえるし……いっぱい自然があるじゃないか。

晋平から弥月が望んでいるからと進言され、さすがにいつまでも閉じ込めておくのは心身の健康に良くないだろうと、なるべく他の者の目に止まらぬよう、変装させて初めて外に連れ出した時。

特になにもない場所だと言う自分と対照的に、キラキラと瞳を輝かせて語り、うれしそうに野を駆け回った弥月の生き生きとした姿を、今でも鮮明に思い出せる。

これこそが弥月の本来あるべき姿なのだと、あの時、思い知った。

もっと色々な弥月の表情を見てみたい。自分が統治しているこの土地の様々な場所を、もっと見せてやったら、この子はどんな顔をするだろうか。

そんな思いが抑えきれなくなって、それまで警戒して近づけないようにしていた空の世界へと連れていって——初めて目にするだろう世界にはしゃぐ弥月を見て、龍偉自身も深い充足感を覚えた。

だが、ただ無邪気なだけではなく、龍偉が無慈悲に焼き払った無惨な村の跡を見てもなお、「それでもさ……いつか、ここにも人が住めるようになればいいね」とまっすぐ前を向き、そして木の実を差し出しておどけた笑顔を見せた弥月の姿を、自分は一生忘れないだろう。

——この黒龍領しか知らず、そして龍偉殿しか知らず、彼を…、黒龍を選ぶのが、果たしてこの龍国全域を統べる次期龍王を選ぶという重責を担う『龍の御子』として本来あるべき姿なのか。

悔しいが、秀英の言う通りだ。

私利私欲で自分の下に閉じ込めていては、弥月の中にあふれる誰よりもあたたかく豊かな心を殺してしまうも同然だ。

薄々は気づいていた。だが浮かぶ思いに蓋をして、気づかない振りをしていた。

弥月を、本当に想うのならば……自由にしてやるべきなのだ。

誰よりも他人の心を思いやり、純粋で深い情を持つ弥月ならば、きっとその曇りない瞳で、『龍の御子』として、正しく次期龍王を選び出すことができる。

……たとえ、それが自分ではなくとも。

龍偉は虚空を見つめ、自分にそう言い聞かせると、ゆっくりと目を閉じた。


長老や側近たちを集めての長い会議を終えたあと、労いを兼ねての酒宴へとなだれ込んだ。龍人たちは酒豪が多い。自分も決して弱いほうではないはずだが、今宵は盃が進みすぎてしまったようで、頭が鈍く痛むのを感じ、龍偉はまずいな、と心の内で呟く。

「俺は先に休ませてもらう。皆は構わず続けてくれ」

みっともない姿を見せる前に下がらなければと、頃合いを見て、龍偉は席を立った。

酔いざましに庭を散歩しようとしていたはずが、気づけば弥月の部屋へと向かっていた。

――なにをやっているのだ、俺は……。

引き返そうかと思ったが、どうしても足が動かない。

しばらく迷っている自分の姿を、弥月の部屋の扉の前に立つ二人の見張りが見つけ、慌てて頭を下げてきた。

龍偉はこれ以上部下の前でおかしな態度をさらすわけにはいかないと観念し、弥月の部屋へと入っていった。

もう眠っているだろうと思いながら寝室へ向かうと、寝台の上に弥月の姿が見えず、一瞬ドキリとする。

「弥月……っ？」

慌てて名を呼び、周囲に視線を巡らせると、弥月は部屋の隅に置かれた椅子の上に立って窓に張りついたまま、びっくりしたような顔で自分を見ていた。

「どうしたの？　龍偉さま」

「……そんなところでなにをしている」

いると思った寝台に姿が見えなかっただけで心臓が凍りつきそうになって、思わず咎める口調になってしまった。

だがそんな自分とは裏腹に、弥月はこちらを見てうれしそうに笑う。その笑みにまた、胸に不可解な疼きが走る。

んしょっ、と小さく声を漏らして椅子から降り、弥月がこちらに駆け寄ってきた。

「まだ眠くなかったから、月を見てたんだ」

「月を？」

こちらを見上げてそう言う弥月に、龍偉は首をかしげた。

「うんっ。ここから見えるお月さまって、すごく大きいんだね。オレのいた山よりもずっと月に近いのかな」

龍偉にとっては些細なことにも目を輝かせる弥月を、不思議な思いで見つめる。

「月などいつでも見られるだろう」

「でも満ち欠けがあるだろ？　日によって微妙に色も変わるし……大きいから違いがよく分かって、

「全然見飽きないよ」

その無邪気な笑顔を眺め、龍偉は苦笑する。

自分には些細すぎて気にもならぬものが、どうやら弥月の目にはとても新鮮で、貴重なものに映るらしい。

同じものを見て、そのように感じることはできない。だが、龍偉にとって、弥月を見ていて感じる、この不可解で、戸惑いを含みつつも、だが決して不快ではない、むしろどこか胸が熱く昂るようなこの感覚が、それに近しいものなのだろうか、などと考えてみる。

弥月はこうして、自分にないものを教えてくれる。

「弥月……」

だが、そんな弥月に自分はいったいなにができるだろう。

「ん？　なに、龍偉さま」

弥月が小首をかしげて穏やかな声で尋ねてくる。その姿を見ているだけで、なぜか胸が苦しくなって、言葉がうまくつむげなくなる。

弥月は、変わった。その姿形やふと見せる表情が大人びてきたように感じる。

強い意思を感じさせる凛とした瞳とあどけなさの残る顔。だがそれだけではなく、静かに笑む表情や、何気なく立っている姿にたおやかな色気を感じて……目にするたび、胸がざわめく。

戦で怪我を負って戻ってきたあの日、聖洞で契りを交わしてからというもの、タガが外れたかのように寸暇を惜しんで弥月を求め、貪っていた。

さすがに破瓜したばかりの身体では、獰猛な黒龍の情を受け止めるのはきついだろう。その華奢な身体を壊さぬように抑えなければ、と思う一方で、しかしそんなことを思うだけで、まるで性に目覚めたばかりの少年のように腹の中がムズムズするような、危うい気分になってしまうのだ。

――駄目だ。考えるな。

こうして自分の欲ばかりを優先して、弥月を縛り付けてきたというのに。

「白龍殿からの贈り物をまだ一度も身に着けていないようだが……もしも気に入る物がないというのであれば、好みを伝えれば喜んで色々と持ってきてくれるだろう。白龍領は龍国で希少な宝珠や金銀がもっともよく採れる地域だからな」

「えっ？　い、いいよ……オレ、そういうのの価値とかよく分かんないし、宝の持ち腐れ、っていうか」

弥月は戸惑った様子でかぶりを振る。

「……お前は、本当に欲がないのだな」

だが、これが弥月という人間なのだ。

秀英のように貴金属に執着し、愛でるような趣味はないが、他領から奪った宝を戦利品として誇らしげに飾っている自分のような者とも、根本的に違う。

弥月の視野を広げるために、本当に白龍領に興味を持たせようと思っているならば、こことはまた違う気候を持った土地ゆえの美しい植物や、珍しい動物、そういったことを語るべきなのだ。

なのに、いざ弥月を目の前にすると……自分以外の者に関心を持つことに、激しい拒絶感を覚えてしまう。

――俺は……こんなにも狭量な人間だったのか。

黙り込んでしまった龍偉に、弥月がおずおずと声をかける。

「あのさ……オレにはもう、こんな綺麗な宝石があるから。ほら、まるで紅玉みたいだろ?」

弥月がこちらに向かって、そっと服の前を広げた。

「……ああ、そうだな」

その言葉に、心臓が締めつけられる。紅い光を宿した、その白い胸に、どうしようもなく惹きつけられる。

「龍偉さま、もう背中の怪我は痛まない…?」

いまだ傷を気にかけているのか、弥月は首を伸ばすようにして龍偉の背中を見る。

そんな弥月を見ていると、その健気さに胸を打たれつつも……どうしようもない欲求が脳天まで突き上げ、狂暴な雄の本能が首をもたげていくのを感じていた。

「……また、前のように撫でてくれないか」

もう痛みも治まって、ずいぶんと良くなっている。だが、こうして今もなお心配してくれる弥月にたまらなくなって、龍偉はそう言うと腰を抱き寄せ、寝台へと誘った。

衣服を脱ぐと、弥月は真っ赤になって目を逸らす。

「そのように目を背けていては、傷の具合が分からぬぞ」

「そ、そうだけど……っ」

その恥じらう素振りに、弥月が龍偉を男として意識しているのは明白で、どこかむず痒いような、甘苦しい思いが湧き起こってくる。

「……あ、もうほとんど傷、塞がってるね。よかった……」

ぎくしゃくしながらも肩と背中の傷を確認して、弥月はホッと安堵の息をつく。

こらえきれなくなって、少し身体を固くしながら見上げてくるその華奢な身体を抱き寄せた。

「龍偉、さま……」

その身体に触れたとたん、身体の奥底から弥月が欲しいと渇望する激しい感情が湧き上がってくる。

――ああ……駄目、だ。

「……弥月」

呼びかけると、弥月はこちらをまっすぐに見つめ、それから少し小首を傾げて微笑む。

こうして弥月には自分の傍で笑っていて欲しいと願ってしまう。

ただ、弥月だけが欲しくて、そして弥月にだけ飢えている。

駄目だと思うのに、自分の欲望を止めることができない。

こらえきれなくなって、衝動のままに弥月の身体を素早く抱き上げ、寝台へと押し倒した。

「あ、あの、龍偉さま……っ」

「抱きたい……弥月」

うろたえた様子で見上げてくる弥月の腰を抱き締め、抑えきれぬ情欲をその柔らかな耳に吹き込む。

弥月が頬を染め、澄んだ黒い瞳を潤ませる。その中に揺らめく情欲を感じ取って、龍偉は喉が急速に渇くのを感じた。

たまらず抱き起こすと、弥月も強く両手を首に回ししがみついてくる。

欲情だけではない、揺らめく炎のように気持ちが湧き上がってくるのを感じながら、唇にくちづけその甘い吐息や舌を味わう。

「……うん」

弥月が甘く熱い息を吐きながら微笑む。

その表情は、もう無垢なだけの弥月ではない。

性の悦びや快感を知り、あどけなさが残る清廉さはそのままに、時折ドキリとするような色香をにじませる、そんな危うい魅力を感じさせていた。

弥月の衣服をはだけさせていくと、あらわになった肌が淡く色づいている。

すでに何度も裸体を見られているというのに、いまだに恥じらいを捨てられない。そんな弥月の初心さに、龍偉の中に熱いものが込み上げてくる。

熱い吐息と共に囁きながら、自分の印のついた裸身を撫でた。

胸の紅い欠片の周りに、吸ってつけた痕が花びらのようでなんとも淫らだった。

「龍偉さま、あんまり動くと傷に悪いよ…っ」

「だったら、お前の身体で、痛みを癒やしてくれ」

「か、身体、って…っ」

その黒い瞳を覗き込むようにして囁くと、弥月はたちまち頬を朱に染め、困ったように眉根を寄せて、濡れたような瞳で見つめてくる。

弥月がどんな表情をしても、何を言っても、龍偉の欲情の火種を煽ってしまう。

弥月の胸で薄紅く光る欠片。龍偉が見つめ顔を近づけるだけで赤みが強くなり、息をするように瞬く。

――こんなにも欲しい、と想うこの気持ちは、やはり『龍の御子』の持つこの欠片のせい、なのか……?

欠片にはあえて触れず、その傍で淫らに尖りを帯びてきた乳首にくちづけて、舌で味わう。

弥月の柔かな肌の舌触りと匂いが口の中に広がる。

胸の粒が熟れ、鮮やかに赤く色づいてくるさまがなんとも艶っぽく、龍偉の中にひそむ獣欲をそそった。

「ひゃ…んんっ、あぁ……駄目、だよ……龍偉さま」

それでも湧き上がる快感を精いっぱい抑えようと、弥月は唇を噛んで身をよじらせる。

「弥月……お前も感じてくれているのか」

太腿に腰を擦りつけると、弥月の硬く形を変えた昂ぶりが腹に当たって、龍偉の欲望をさらに煽り立てた。

「あ、あぁ……」

手を強く握り締め、羞恥に泣きそうに顔をゆがめる。

弥月の身体をうつぶせにして、その上にのしかかると、双丘の狭間に香油を垂らした。

「ひぁ……ッ」

そして後孔へとそのぬめりを塗り込めていくと、すでに繰り返しの愛撫で快感を知った蕾はひくひくと蠢動し、慎ましやかにすぼまった見た目とは裏腹の淫らな反応を見せて、龍偉の劣情をさらに掻き立てていく。

笑い顔も泣き顔も、羞恥と快感にゆがむ顔も、なにもかもに反応し、心を乱してしまう自分がうとましかった。

浅ましい自分のこんな顔を見られたくはなくて、弥月の腰を高く持ち上げ、後ろから貫く。

「ひぁっ……ぁあ…っ」

白い背中がびくびくと仰け反った。

幾度も繰り返された情交で入念に無垢な蕾を開いていったおかげで、龍偉の狂暴に猛った昂ぶりを根元まで呑み込んでいく。

細い腰を両手でつかんで何度も突き入れ、こね回し、弥月の身体の奥に秘められたやわらかな媚肉を貪った。

「あぅ…っ、ああっ、龍偉…さまっ」

ガクガクと揺さぶられながら、龍偉の姿を求めて振り向く。

これ以上、触れるべきではない。その甘さに溺れてしまえば、鋼のように強く冷徹であるべき心に揺らぎができてしまう。

そう分かっているのに。自分の名を呼ぶ紅い唇にたまらず激しくくちづけると、腰を打ちつけ、熱くうねる中を掻き回した。

衝動のままに、乱れた黒い髪から覗く紅く染まった耳たぶを口に含み、頬に舌を這わせ、また唇を吸う。

「んん…っ、ふぁっ、やぁ…っ、なん、だか……変に……っ」

くちづけの合間にくぐもった声がして、弥月の中がやわらかくまとわりつき締めつけて絡んでくるのが分かる。

繰り返すくちづけに吸われていく弥月の喘ぎ声が、短く激しくなる。

見えないのに、そのひそめた細い眉根や潤んだ瞳、濡れた唇などが脳裏に浮かび、それを打ち消そうと動きが激しくなる。

弥月の背筋が震え、うっすらと汗ばんだ全身が薄赤く染まっていく。

「あぁ、龍偉さまっ……もう、オレ…っ、あ、あぁ……ッ」

やがて弥月が首を仰け反らせ、救いを求めるような声を上げて達った。

全身を痙攣させている弥月の中はきつく龍偉のモノを締めつけて、逆らうようにさらに激しく突き入れたが、やがてこらえきれず弥月の中に飛沫を放ち、収まりきらない悦楽の余韻に身体を震わせた。

「……弥月」

龍偉は荒い息を吐きながら、ぐったりとした弥月の身体を上向ける。

弥月は目を閉じ薄く唇を開けて、意識を失っていた。

額や頰に汗で貼りついた髪の毛を指でのけてやりながら、その力ない身体を抱き締めた。

「弥月……俺は」

知らず震えるような吐息が零れる。

身体の要求は満たしたのに、心はいまだ乱れ、渇いていた。

まるで年端もいかぬ子供のような無邪気な笑顔をするかと思えば、時に凛とした強い意思を秘めた表情をしたり……そして、驚くほど色っぽく、蠱惑的な相貌を見せたりする。

日を追うにつれ、その胸の欠片のことよりも弥月自身が気になっている自分に困惑している。

龍王となりこの大陸すべてを支配し、この龍国の未来をも豊かにしていくと決めたはずなのに。

毎日のように新たな覚悟を積み上げて、どのようなことになろうとも強く冷徹になれと自分自身を強く戒めて……なのに、日に日に自分が弱くなっている気がして、焦燥感は募った。

弥月の健やかな魂を私欲のままに汚し、曇らせたくはない。そう思うと同時に、弥月を自分の下に縛り付け、己だけのものにしておきたいという、飢えにも似た欲望を抑えることができない。

こんな自分が、弥月に選ばれる資格があるのか。そんな考えがよぎった瞬間、頭が割れそうに痛んだ。

——今は、弥月を求めること以外、もうなにも考えたくない。せめて今夜は意識を取り戻すまで……ただこうして、一緒にいたい。

両腕の中に閉じ込めるようにしてその細い身体を抱き締め、龍偉は目を閉じた。


青龍領へ発ったのは、白龍秀英《シウイン》の訪問から二ヶ月が経った日のことだ。

また挑発を続けようとする青龍に対し、龍偉《ロンウェイ》は話し合いを行うことを決めた。

青龍の尖兵隊が領地に侵入したとの報を受け、いつものように交戦するのではなく、贈り物を持たせた使いをやり、会合を申し出たのだ。

絶対的存在だった現龍王、高昇《ガオシオン》の力が弱まり、次期龍王の座を競い、領土を奪い合うようになってから、戦うことが当たり前となっていた。だがその悪しき連鎖を改めようと、龍偉は提案し、訴えた。

そして龍偉が青龍領に出向くならば、という向こうの条件を呑んだ。

火中の栗を拾うような行為だと、長老たちからは龍偉を案じる声も上がったが、そんなことは百も承知のうえで決定したことであり、今さら怯むことはなかった。

白龍秀英に知られた今、『龍の御子』の存在は青龍の耳にも届いているだろう。

これ以上、青龍との関係が悪化すれば、弥月に被害が及びかねない。それだけは、絶対に阻止しなければ。

覚悟を胸に青龍領へとやってきた龍偉だったが、青龍は思いの外、冷静な対応を返してきた。

油断させる腹だろうか、という疑念は消えないものの、話を聞いてももらえない状態よりは、よほどいい。

そう気持ちを奮い立たせ、青龍やその側近たちとの話し合いを重ねていた時、

「……殿下、少しよろしいでしょうか」

自室で休んでいた龍偉の下に、前王の時から黒龍領に仕え、この大陸に伝わる龍術を研究する学者たちが意を決した表情で訪ねてきた。

そのただならぬ様子に、龍偉は黙って彼を部屋へと招き入れると、

「改まってどうした。……言ってみろ」

普段は出すぎることなく物静かな印象の彼らだけに、少しの驚きを感じながら先をうながす。

「実は……青龍お抱えの龍術学者から手渡された『龍の御子』に関する膨大な資料の中から、大変興味深い記録を発見したのでございます」

龍術学者の一人が、緊張した表情でそう告げた。

「——それは、いったいなんだ」

「実は……過去の龍王候補の記録文献の中に、欠片に関して懸念すべき記述があったのです。それは——」

どこか切羽詰まった様子でそう切り出す龍術学者に、龍偉は不吉な予感を覚えつつ、息を詰めて次の言葉を待った。

＊＊＊＊＊

黒龍領の短い秋が終わり、季節は冬へと駆け足で過ぎていく。

夜中、ふいに目が覚めて、弥月は寝台に横たわったまま、密かに吐息をついた。

龍偉《ロンウェイ》が旅立ってから、五日が経った。

龍偉に会えないことを寂しく思いつつ、彼の表情に最近苦悩の影を感じて、弥月は胸を痛めていた。

この国の王子として、そしてこの領地を治める黒龍として、彼に課せられた責務の大きさを自分は想像することすらできない。

龍偉は王子として自分を強く律するあまり悲しみや淋しさなどを、表現するすべを知らないのかもしれない。

でも、彼の中に隠されているだろう熱く豊かな感情が、自分の持つ欠片で補うことができるなら。龍偉はきっと、勇猛果敢で知性と情愛を併せ持つ、立派な龍王になるだろう。

いつまで彼の傍にいられるか分からないけれど……できる限り、彼を見つめていたかった。

『明日から遠方へ出向く。しばらく時間がかかるかもしれぬが、戦はしないから心配するな』

心配に眉根を寄せた自分に、龍偉がそう言ってくれたけれど。

出かける時、強く抱き締められ、くちづけられて……うれしかったのに、同時に不安が込み上げてきて、泣きそうになってしまったのはどうしてだろう。

「龍偉さま……今頃なにしてるのかな」

独りきりの夜など、慣れっこのはずなのに。

自分を包んでくれる肌のぬくもりを知ってしまった今は耐えがたい寂しさを覚えてしまって……そんな自分に唇を嚙み、弥月は胸元をぎゅっと握り締めた。

この頃は特に胸の欠片の光が強くなってきたように思える。

特にこんな風に龍偉のことを想う時などはことさら赤く光って見えるのは、たぶん気のせいではないだろう。

龍偉を想いながら、窓へと目を移すと――ふいに、カ…ッ！　と外が一面真っ白な光で染め上げられたかと思うと、大きな雷鳴が鳴り響き、弥月は硬直する。

「……ッ？」

雷鳴に交じって悲痛な叫び声が聞こえてきて、弥月は外の様子を確かめようと恐る恐る窓辺へと近づくと、真っ白な稲光の中に大きな龍の陰影が浮かび上がるのが見えて、一瞬、龍偉かと胸を高鳴らせる。

けれど、稲光が消え……月明かりの下、飛んでいたのは白い龍だった。

白い輝きを放ちながらこちらへと向かって急降下するその姿に、弥月はギョッとして後ずさる。

すると大きな鉤爪で窓を破壊して、窓辺に止まったかと思うと、白龍はまばゆい光を放った。

眩しさのあまり目をつぶった弥月は、光が収まったのを感じて恐る恐る目を開ける。

「貴方は…っ」

「そう、白龍領を司る者であり、四大龍のひとり、白龍の秀英《シウイン》だ。君にぜひまた会いたいと思ってね」

白龍から人の姿となった秀英は、そう告げると優美な微笑みを浮かべる。

「ど、どうして……」

前よりもさらに豪奢な衣装と装身具を身に着けた、きらびやかな姿。こんな夜遅くに、突然盛装で現れた彼に、弥月は呆然と尋ねる。

「約束通り、迎えに来たのさ。『龍の御子』……私と共に、来てくれるね？」

優しげにすら見える優美な笑みを浮かべ、秀英は誘う。

けれどその様子がなにか普通ではないことに気づいて、弥月はとっさに逃げようとしたけれど――彼の手が素早くそれを阻んだ。

そのまま秀英は、その優男といった容姿からは想像できないほどに強い力で弥月の身体をがっしりと拘束する。

「い、嫌だ…っ、誰か……っ」

抗いもむなしく窓へと引きずられ、再び龍化した秀英の鉤爪に囚われたまま、空へと連れ去られる。

すると庭園では、多くの兵士たちが血を流し、倒れていて――目に飛び込んできた恐ろしい光景に、弥月は声にならない悲鳴を上げた。

つかんでいる指を叩き嚙みつき必死に暴れても、白龍は平然と廊下の大きな開口部から外へと飛び出し、暗い空へと舞い上がった。

城がみるみる遠ざかっていく。

――龍偉さま……ッ！

これから、いったい自分はどうなってしまうのだろう。

部屋着の上にガウンを羽織っただけの身体に夜明け前の空気は身を切るように冷たく、吹きつける風の冷たさにガタガタと震えながら、龍偉の名を心の中で繰り返し、必死に恐怖に耐えた。

北へとひたすら飛び続け、やがて白龍は雪を舞い上げながら、山の頂上に建つ砦の前に降り立った。

「ここはもう、我が白龍領だ。白龍城へと連れていきたいところだが、少々遠いのでね……まずはこの砦で冷えた身体をあたためるとしよう」

白龍から人の姿に戻り、秀英はそう言って弥月を横抱きにすると入り口へと歩を進める。すると傍に控えていた門番が深々と礼をしながら重そうな鉄の扉を開いた。

身体が凍えきって思うように動かない弥月は、なすすべもなく彼に抱え上げられたまま、赤々と燃える大きな暖炉のある部屋へと連れていかれる。

部屋に満ちる暖気に少し身体が温まって、感覚が戻ってきた弥月は、キッとまなじりを上げて秀英を睨んだ。

「どうして、こんな……っ」

「『待つ』とは言ったものの…、まったく音沙汰がないからさすがに少々待ちくたびれて、痺れを切らしてしまってね」

秀英はそう言いながら、素早く弥月の身体を毛皮の敷物の上へ押し倒し伸しかかってくると、

「ああして龍偉の本性を暴いてやれば、怖くなって私にすり寄ってくると思ったのに。華奢な見た目によらず、案外気丈なんだね。まあ、龍偉に揺さぶりをかけて隙を作る手はずは目算通りにいったからよしとするよ」

不敵な笑みを浮かべ、伸しかかってくる。

こちらを見つめてくる秀英の双眸は暖炉の火に照らされ、身にまとった宝石がかすむほどの禍々しい光を放っていて……弥月は思わず息を呑んだ。

「龍偉の君への寵愛ぶりは、私の想像以上のものだったからね。あのままじゃ、とてもあいつは君を

手放そうとしないし、なにより私を警戒していたからね。だから教えてやる必要があった。『私よりもまずい相手がいるぞ』とね」

「まずい、相手……？」

嫌な予感に、弥月の声が震える。

「あいつは冷徹で頭が切れる――と思われているが、その反面、合理的にしか物事を考えられない。抜きん出た力を持つゆえに、他者を羨んだあげくの妬みや、敗者となった恨みを理解することができない。青龍は、その両方の感情を龍偉に持ち、その黒く渦巻く感情を向け続けている。そういった者は『なにをするか分からない』と、あいつに気づかせてやったのさ」

「じゃあ、龍偉さまが、たびたび戦に出かけていたのは……」

「そう、青龍の志明殿は龍偉を目の仇にしていてね。ちょっと横から煽ってやれば、暴れてくれるんだ」

まるで愉快なことを語るかのように笑みを浮かべて言う秀英を、弥月は信じられない思いで見つめた。

「青龍をどうにかしなければ、と思うと同時に、自分と同じ思考を持つ強者である白龍秀英は、なによりもその愛情を乞い、敬わなければならない『龍の御子』相手に、無体なことをするはずがない。いやむしろ、真に『龍の御子』のことを思えば、白龍にも情を乞う機会を与えなければならないのではないか――そう思わせたというわけさ。さすがにこちらに差し出すような真似はしなかったが、それはまあ想定内のことだ」

滔々と語ったあと、秀英はふと瞳をやわらげて、哀れむように眉を寄せて弥月を見つめると、その頬に触れてきた。

「確かに、私も君に無体なことはできるだけ控えようと思っていたよ。……そもそも暴漢から君を救うのは、私のはずだったんだ」

優しく頬を撫でられながらそう告白され、弥月はビクリと身体を強張らせた。

「あの猟師たち……貴方が？」

初めて会った日に秀英からあの話を聞いた時、なにか引っかかるものを感じていた。

なぜ、あの日まで自分のことを知らなかったはずの彼が、猟師たちに襲われた経緯を知っていたのか。

もちろん、『龍の御子』を探していた過程であのあと猟師と会い、聞いた、とすれば説明はつく。

だからただの思い過ごしだと考えようとしたのだけれど……それだけではない、なにか違和感を覚えていたのだ。

「まあ、そういうことになるかな。だが、なにも知らなかったはずの龍偉が、私よりも速く駆けつけてしまった。ふざけるなと思ったよ……あいつはいつもそうだ。涼しい顔をして、旨いところをかっさらう」

頬に優しく触れつつも、徐々にその声に静かな怒りがにじんでくるのを感じ取って、弥月はゾクリと背を震わせる。

「怒りのままに飛び出そうかとも思ったが……我々があの場で争えば、大事な『龍の御子』も無事では済むまい。それによく考えれば、残虐で悪名高い黒龍が、他人の感情の機微にうとく、冷徹なほどに合理的な思考でしか物事が考えられぬあの龍偉が、『龍の御子』を手に入れたところで上手に取り入ることなどできるはずがない。龍偉の冷酷さに怯えきったところを今度は私が優しい言葉をかけて救い出してやればいい。だが、もしも万が一あいつが『龍の御子』と情を通じ合わせてしまったならば――――そう思うと、胸が昂ぶったよ。ただ龍王の座を奪うだけではない、最高に面白いことができるのだからね」

「面白い、って……あんた、いったいなにをしようっていうんだよ…っ⁉」

「そう焦らずとも、今から嫌でも知ることになるさ。『龍の御子』よ」

思わず叫んだ弥月に、秀英は目を細めて微笑う。そして、

「礼を言うよ。あいつが半端な情に目覚めることがなければ、他人を思いやることなど知らない冷徹な『黒龍』龍偉のままならば、こんな揺さぶりなど通用しなかっただろう」

彼は歌うようにそう告げると、逃れようと身をよじる弥月の肩をつかんだ。

「や、やめろよ…っ」

手を振り払おうとしたけれど、まだあたたまりきっていない身体の力が入らず、そのまま抱き寄せられる。

「そうはいかない。龍王となるには、君のその胸の欠片が必要なんだ……つまり、他の部分は必要ない。龍と交わり、育った情で充実した欠片さえ手にすれば、龍王となる悲願は達せられる」

秀英はツ…、と弥月の胸元へと手を滑らせると、薄い部屋着越しに欠片へと指を這わせた。

「龍偉だって、このことを知っていれば同じことをしていたはずだよ。君を甘く優しく懐柔して、情という人間の体内に流れるもっとも強い気を生み出させ、その胸の欠片が成熟するのを待ってから

……えぐり取っただろう。君の命と引き換えに」

「オレの…、命と……？」

突きつけられた残酷な言葉に、弥月の中に衝撃が走る。

「ああ。よくある話だろう？　大きな力を得るためにはそれ相応の代償、生け贄が必要だ、ということさ……『龍の御子』よ」

生け贄――弥月の育った山でも、そんな話はあった。

『龍神さま』は人を食らう、とまことしやかに噂され、洪水や日照りなどの災害があった時、願いを叶えてもらうために『龍神さま』に生け贄を捧げるのだ、と。

それが、『龍の御子』の宿命だというのだろうか。

呆然とする弥月へ、秀英は触れそうなほど顔を近づけると、

「どうだ。私と取引しないか。龍偉を見限って、私のものになるというのならば白龍城でなに不自由ない生活を保証してあげよう。だがそれができない、というのならば、強引にでも欠片を奪うしかない。それがどういう意味か……分かるだろう？」

胸の欠片を指でなぞりながら、そう囁いた。

「なにも考えず、ただ身を委ねればいい……堅物の龍偉とは違い、私は様々な享楽を知っている。今まで味わったことがないような悦びを、君に与えてあげよう」

弥月が放心している隙に秀英の手は部屋着の前をはだけ、あらわになった肌へと手を這わせる。

秀英が胸へと顔を寄せてきたと思うと、唇でついばむように乳首へとくちづけてきて、その刺激に

弥月はビクリとして我に返った。

そのまま胸の欠片へと唇で触れようとする秀英の顔を手で押し返して阻むと、

「どんなことがあっても……オレは、龍偉さま以外の人のところに行く気はないよ」

肌を這う秀英の指や唇の感覚を追い出そうと首を振り、弥月は凛と瞳を上げてそう言い切った。

「命が惜しくないのか？　欠片は、ただの異物ではない。君の身体に根を張り、生命を糧に育ったものだ。その欠片を失えば、君も無事では済むまいよ」

秀英が信じられないと言うように顔をしかめ、腕に捕えた弥月の顔をまじまじと見つめる。

けれど弥月はなにも答えず、ただ秀英の顔をまっすぐに見据えた。

「まさか、龍偉のためならその胸から欠片を取り出されて死んでもいい……などと言うつもりか？」

小馬鹿にするように嘲笑う秀英に、弥月は哀しみに顔をゆがめる。

「あんたこそ誰も……他人も、自分自身すら、信じられないんだね」

静かにそう言った瞬間、彼の顔が強張った。

「あんたがどう言おうと、オレは龍偉さまを信じてる。龍偉さまは自分の力を信じ続けて、龍王になるためにただひたすら、まっすぐに努力し続けて……オレなんかにも、真剣に向き合って、理解しようとしてくれた。だからもしも、あの人がオレの胸から欠片を取ったとしても、それはこの国のためにどうしても必要なことで、それが『龍の御子』の使命だったんだって……信じられる」

湧き出す感情のまま、弥月は言葉を連ねる。

「けど、あんたは誰も彼もを欺いて、対等にぶつかろうとしない……まるでなにかを恐れているみたいに」

それが龍偉の強さに対してか、敗北することに対してなのか。それとも、なにかを信じることそのものだろうか。

分からないけれど、他人に対して、そして自分の力すら信頼していないように思えてならないのだ。

「オレは、他人から見れば哀れな存在なのかもしれない……けど、オレからしたらあんたのほうが可哀想だ」

自分は少なくとも、大事にしたいと思える存在を、想うだけで胸が満たされるこの気持ちを知ったから。だから……二度と、自分は孤独にはならない。

龍偉が、愛しくてたまらなかった。誰よりも……自分よりも。

まっすぐに視線を逸らすことのない弥月に、秀英の表情が、ふいに真剣なものに変わる。

「さすが『龍の御子』、一筋縄ではいかないようだな。君の瞳を見つめていると、吸い込まれそうになる……その純粋さが、龍偉をも狂わせたのか」

秀英は苦く顔をゆがめ、そう言うと弥月の頬をつかむ。

「やはり、君と距離を置いていたのは正解だったな。『龍の御子』……その純粋さに惑っていれば、私もここまで冷静に事を運ぶことができなかったかもしれない。このまま失うのは惜しいが……仕方がない」

言い様、彼は弥月の下履きに指をかけ、その爪で一気に引き裂き、剝ぎ取った。

「――……ッ！」

狂暴な本性を剝き出しにした秀英。その迫力を目の当たりにして、弥月は恐怖に息を呑む。

「気丈な態度がいつまでもつか、試させてもらおう。……君は、男がつれなく撥ね付けられるほどに嗜虐心をそそられ、欲望を燃え上がらせることを知らないようだ。そして純白であるものほど、汚したくなることも」

こちらを見下ろす秀英の鮮やかな赤色の目に、酷薄な光が宿ったかと思うと、彼はそう言い捨てて、無防備に肌をさらした弥月の肢体へと手を伸ばしてきた。

「……ッ！　や、やめ……っ」

先ほどまでの余裕のある手つきとは違う、嬲るように這う舌や手の感触に、弥月は泣きそうになりながらも必死にかぶりを振る。

「しかし……なんて輝きだ。美しいな……今まで見た、どの宝石よりも……」

秀英は陶然とした表情でそう言うと、紅い光を宿した胸の欠片をねっとりと舐めた。

「ひぁ、っ……やめ……いやだ…っ」

今、自分に触れているのは龍偉ではない。

それだけで心が潰れそうになってもがく弥月を押さえ込み、秀英は悪辣な笑みをその頬に刻む。

「この身体、龍偉に何度抱かれた…？」

荒くなった息を吐きながら囁かれて、弥月はハッと目を開いた。

間近に欲情の色をにじませた秀英の顔が迫り、ギクリと身体を強張らせ、唇を震わせた。

こんな状態で龍偉の名前を出されるだけで、悲しみに胸が締めつけられるようになるというのに。

「なにも言わなくても分かるさ。最初に山で君を見た時より、遥かに艶やかに、そして美しくなった。この充実した欠片の具合を見ても、情を注がれ続けてきたことは明らかだ」

秀英の手が胸の上を這いさらに下肢のほうへと移っていくのを感じ、懸命に抵抗しようとする。けれど力の違いを思い知らされるだけで……弥月は絶望の息を漏らす。

このまま凌辱されるくらいなら。浮かんだ思いに、とっさに舌に歯を当てた。

けれど次の瞬間、龍偉の顔が浮かんで、弥月はなんとか思いとどまる。

死んでしまったら、この男に欠片を取られるだけだ。もしこの命が尽きてしまう運命だったとしても、せめて龍偉のために死にたかった。

心がみしみしと悲鳴を上げる中、弥月は生と死との葛藤に身悶えていた。

さらに追い打ちをかけるように、秀英に膝を抱えられ、脚を大きく開かされて、泣くまいと歯を食いしばって耐えていた弥月の瞳から、こらえきれず涙があふれ落ちていく。

「や…ッ、嫌、だ……龍偉さま…ッ！」

ぽろぽろと涙の粒を零しながら、弥月は首を振って叫ぶ。

「――なんだ？　胸の光が…、強くなっていくぞ」

するとふいに動きを止めて呟く秀英に、弥月はハッとして自分の胸を見つめた。

紅い光が一際激しくなり、血の気が引いた身体に熱が戻ってくる感覚がして、弥月の胸に、ある予感がよぎる。

――もしかして……。

なにかが起こる予兆に二人が互いを探るように見つめた、その次の瞬間。

突如として風雪がさらに荒れ狂ったように激しい音を立て、嵐へと変わっていく気配がして、秀英は顔をゆがめた。

「くそ…ッ。あいつめ、うちの兵士の包囲網を破ったか？　早すぎる……！」

耳を澄まして、外の気配を探っていた秀英が、その表情を険しくする。

その様子に、胸に湧き上がった希望がさらに大きく膨らんで、弥月は震える息をついた。

ますますひどくなる暴風に、頑丈な造りの砦なのにミシミシと柱が軋み、部屋に置かれた見事な装飾品の数々が大きな音を立てて倒れていく。

「回りくどすぎる方法を取ったことは認めるよ……もっと早く、その身体を抱けばよかった。……本当に、惜しいことをした」

秀英は名残惜しそうにそう呟くと、素早く身体を起こし、弥月を強引に立ち上がらせる。

「黒龍が、すぐそこまで来ていますっ」

外を見張っていた部下が部屋へ駆け込んできて、悲痛な声で叫んだ。

――黒龍……龍偉さまが、本当に……!?

「龍偉ごときに臆するな！　ヤツの最大の弱点はこちらの手の中にある……『龍の御子』が」

秀英が喝を飛ばした。

激しさを増すばかりの暴風に、とうとう壁の一部が音を立てて壊れ、激しい雪風が舞い込んでくる。

「来たか……いいさ、決着をつけてやる」

秀英が唸りを上げると、みるみる大きな白龍へと変化していく。

「うあ…ッ」

なんとか逃れようとするもむなしく、弥月は秀英の手の中に捕えられてしまった。

弥月を鋭い鉤爪のある五本の指に囚えたまま、秀英は空へと舞い上がる。

『……月……弥、月…ッ！』

凄まじい風音に交じって、自分を呼ぶ龍偉の声が切れ切れに聞こえてくる。

「龍偉、さまっ、龍偉さまぁ……っ！」

弥月はその声に応えようと必死に龍偉の名を呼んだけれど、荒れる風や舞い上がる雪で悲痛な声も掻き消されてしまう。

風雪が荒れ狂う空の中――やがて、渦巻いた黒い雲と共に巨大な黒龍の姿が現れた。

彼の巻き起こす風圧であたりの大気が激しく乱れ風が逆巻き、山に積もった雪が吹雪のように舞い上がる。

風と雪で視界が白くかすむ中にあっても、黒龍の黄金のたてがみと紫銀色の鋭い双眸は、周囲を圧するほどの威厳と存在感を持って、弥月の目に焼き付く。

『秀英……許さん』

黒龍と化した龍偉が唸りを上げ、秀英へと近づいてくる。

巨大な黒龍と白龍が空中高く舞いながら、距離を置いて相対し、睨み合った。

その息を呑むような光景に、それぞれの部下たちも互いに牽制し合いながら、固唾を呑んで見守っている。

『龍偉よ、部下の攻撃ですでに体力をだいぶ消耗しているようだな』

秀英の言葉にハッと息を呑む。

よく見れば鱗で覆われていない腹部や脇腹に細かな傷を負い血がにじんでいるのが見えて、弥月は声にならない悲鳴を上げた。

『残念ながらあの程度の攻撃など、足元に群がる蟻ほどにも感じぬ。俺を見くびるな……！』

『相変わらず傲慢なヤツめ。――しかしそれもどこまで続くか、見物だな』

疲弊など微塵も感じさせずに傲然と咆哮する龍偉に、秀英は不敵に笑い、そう言い放った。

『先ほども、鈴の音のような「龍の御子」殿の声が聞こえただろう？　……それがどういう意味か、分からぬお前ではあるまい』

秀英が弥月を捕らえた手をかかげ、龍偉に突きつける。

『――…ッ、秀英、貴様……まさか、「龍の御子」に危害を加えるつもりではあるまいな』

その言葉に尾をビクリと反応させ、龍偉は動揺を見せる。

『加えない、と思っているならば、どうして息急ききってここまで駆けつけてきた？　お前も知ったのではないのか。『龍の御子』の身体から生きたまま欠片をえぐり取り、その力を我が物にするという、禁忌の法を』

『やめろ…ッ！　それは正しい道ではない！　そんなことをして欠片を手に入れたところで、本来の力を手に入れられるわけがない‼』

残酷にそう言い放つ秀英に、遮るように龍偉は叫んだ。

『この場においてもあくまで正道を説く、か。やはりお前は、私とは相容れぬ存在のようだな……龍偉』

秀英はぼそり、と呟くと、

『このままではどの道、「龍王」の座はお前に奪われてしまう……それくらいならば、邪道だと後ろ指差されようが、私はこの道を選ぶ……!!』

ギリリとまなじりを上げ、臓腑にまで響くような雄叫びを上げた。

『少しでも攻撃の様子を見せてみろ、この細い身体を握り潰すぞ！』

「う、あぁ……っ！」

身体が締めつけられる痛みに、弥月は歯を食いしばり呻いた。

『やめろ…ッ！』

弥月の苦悶の声に、龍偉は悲痛に叫ぶ。

『弱き存在を、しかも「龍の御子」を盾に取るとは…、秀英……貴様、四龍としての誇りも手放す気か…⁉』

『まだ「龍の御子」への未練を断てぬとは、馬鹿な男だ……欠片を求め、私に襲いかかれば勝ち目もあったものを」

龍偉の目前で、秀英は弥月の蒼ざめた胸をあらわにした。

自分のせいで、龍偉は手出しができずにいる。自分が彼の枷となっている事実を突きつけられ、悔しさと申し訳なさのあまり、弥月の瞳から止めどなく涙があふれ出す。

『龍偉……見ていろ。『龍の御子』の欠片を得て、私が龍王となるその瞬間をな……！」

秀英は叫ぶなり、鋭い鉤爪を弥月の胸に突き刺した。

『秀英…ッ！　やめろ……やめろぉ…ッ！』

龍偉は血を吐くような叫び声を上げ、ゴォッと竜巻を起こす勢いで秀英に向かって突っ込んでいき、腹を狙って気砲を放つ。

『ぐぁ…ッ!!　龍偉、め……見ろ……！』

攻撃を受けた衝撃に仰け反った秀英が、怒りのこもった唸り声を上げると同時に弥月の胸をえぐり、欠片をつかみ取る。

「――……ッ！」

胸に走る衝撃に弥月は身体を引きつらせ、言葉にならぬ悲鳴を上げた。

あまりの激痛に身体を痙攣させながら、弥月は必死で龍偉に向かって手を伸ばす。

「……ロン、ウェイ……さま……欠片…を……」

切れ切れの息の中、かすれて消えそうな声で、それでも懸命に訴える。

どうせ命を奪われてしまうのなら。せめて欠片だけは龍偉に渡したかった。

『や、づき……弥月……ッ！』

龍偉の慟哭がオオォ…ン、と周囲の空気を振動させ、哀しく響き渡る。

『赦さぬ……秀英、貴様の身体、八つ裂きにしたうえで灰も残さぬほどの業火で焼き尽くしてくれる……ッ!!』

『返り討ちにしてくれるわ。欠片を取り込んでさらなる力を得て、私が龍王になるのだ……！』

血を吐くような声で唸る龍偉に、秀英は見せつけるように大きく口を開けると、紅く輝く欠片をゆっくりと呑み込んだ。

その時生まれた隙を逃さず、龍偉は身体を激しく波打たせながら秀英めがけて体当たりした。

『ぐあぁ……ッ』

腹部に激しい衝撃を受けた秀英が呻き声を上げ身体をよじる。

その拍子に力のゆるんだ彼の手から弥月の身体が空へ放り出され、細い悲鳴を上げながら落下していく。

『弥月……！』

龍偉は全速力で弥月を追いかけ、雪山に激突する寸前に体勢を変えやわらかな腹部で弥月を優しく受け止めると、落ちないようにそっと身体をつかんだ。

「ぁ…ぁ……ロン、ウェイ…さま……」

弥月は精いっぱいの力を手に込めて龍偉の身体にすがりついた。

『ふん……欠片をなくした抜け殻の「龍の御子」など……もはや必要ない』

どこか苦々しげにそう言い渡すと、秀英は吹っ切ったように身を翻す。

『秀英……！』

龍偉はその紫銀色の目に怒りの炎を燃やし、睨みつけた。

『さらばだ、龍偉。せいぜいその脱け殻を大事にするがいい。そして私は、龍王となる…!!』

秀英は龍偉を見下ろして高らかに宣言すると、身体を波打たせて舞い上がっていき……空の彼方へと消えていった。

どうせ奪われる命なら、龍偉のために捧げたかった。

痛みと絶望感に塗り潰されて目の前が昏くかすみ、弥月の意識が急速に遠のいていく。

そんな中、ただ自分を呼ぶ龍偉の声だけがかすかに聞こえていた——。

＊＊＊＊＊

『弥月、しっかりしろ……ッ』

龍偉は弥月を腕に抱いたまま雪山の上に舞い降り、壊れかけた砦の中に運び、寝かせた。

あれほど荒れ狂っていた風雪も、今は小やみになっている。

黒龍から人の姿に素早く戻ると、まだ燃え残りのあたたかな暖炉の前に座り弥月の身体を抱き締めた。

白龍国の残兵たちを追い払った部下たちも、二人の周りに次々と集まってくる。

「なにか弥月の血を止めるものを……！」

龍偉の鬼気迫る声に、部下たちがそれぞれ砦の中を探し、やわらかな布やあたたかな毛布などを持ち寄り、流れ出る血を拭い胸を幾重にも巻き、毛布で身体をあたためようと懸命だった。

それでも欠片を失くした胸から失われていく血は止めようがなくて、抱き締めた龍偉の胸元も赤く染まっていく。

「あ…ぁ……ロン、ウェイ…さま………」

ふと開けた黒い瞳が彷徨うように龍偉を探す。

「弥月……俺は、ここだ。ここにいる」

龍偉は弥月をひしと抱き締め、少しでも意識を引き寄せようと語りかける。

「ずっと…、一緒にはいられないって分かってた、けど……もう少し……傍に…、いたかった、な……」

弥月は色を失った唇をわななかせた。

「なにを言う……諦めるなど、お前らしくないぞ」

消えようとする命をなんとか繋ぎ止めようと叫ぶ龍偉の声に、弥月の青白い頬に笑みが浮かび、閉じられた瞳から涙が流れ落ちた。

「――ロン、ウェイ……さま、愛して…る……」

最後の力を振り絞って、息音だけで聞こえてきた言葉が、龍偉の奥深くへと熱く沁み込み、胸が引き裂かれそうなほど激しい痛みに襲われる。

「弥月…！　待て、待ってくれ……ッ」

龍偉の願いもむなしく、弥月は大きく胸を喘がせ息を細く吐き出すと、弱々しかった命の灯火は消えて、微弱ながら動いていた胸の鼓動も止まってしまった。

「……弥月、もう一度、目を開けろ……ッ、頼む……弥月…っ」

弥月の命が失われていく事実を認めたくなくて、なおも狂ったように名を呼びながら、もう一度微笑んで欲しいと、その頬を撫でる。

「どうか御子様を、静かに休ませておあげください」

見かねた部下がそっと手を差し伸べた。

「嫌だ……弥月はまだ、あたたかい……あたたかいんだ」

部下を睨みつける目が赤く充血している。

そして弥月を抱いたまま目を閉じ動かない龍偉に、部下たちも無言でただ見守るしかない。

じっと俯いていた龍偉が、ハッとしたように顔を上げた。

「いま、弥月の息音が……」

龍偉が慌てて弥月の口元に耳を当てる。

「殿下……風の音で、ございます……」

部下が震える声でそっと進言した。

壊れた壁穴から細く吹き込む風がヒュウと鳴っている。

龍偉は力なく弥月の胸に顔を伏せたまま、時と共に少しずつ冷たくなっていく身体を抱き締めて、嫌でも死を実感せざるを得なくなっていた。

一つの命を失うことの悲しみが、これほどの苦しみと痛みを伴うものなのかと、初めて知った。

今まで、自分はどれほど多くの命を奪い、切り捨ててきただろう。――その命の重みなど、省みもしないで。

親に見捨てられ、今にも死にそうな雛を『捨てろ』と切って捨てた龍偉に、肩を震わせて必死に「捨てられない」と訴えてきた弥月。

なぜそんなものに情などかけるのか。あの時は不可解だったが、今ならばその気持ちが分かる。

もしも、弥月のその身体にかすかでもその鼓動を感じられるならば、手を尽くし、その命の灯火を消さぬためならばどんなことでもする。

どれだけ馬鹿だと罵られようが、脱け殻だと嘲笑われようが……手放すことなどできるものか。

冷たくなった弥月の身体をあたたかな毛布に包み、細心の注意を払って黒龍城に戻った龍偉は自室の寝台に弥月を横たえた。

憔悴した顔で無言のまま寝台の脇に付き添う龍偉を、側近や重鎮たちも心配そうに遠巻きに見守っていた。

龍偉自身も傷を負い、服も黒く焦げたままだが、そんなことに構いもせず、ただ弥月を見つめている。その痛々しい姿に、誰も言葉を発せられずにいた。

そうして半刻ほどが経ち――ようやく龍偉は顔を上げ、周囲に控える家臣たちを見渡すと、

「明日、白龍領に攻め入り、もう一度秀英と対決する。その準備をしておいてくれ」

低く押さえた声で、そう言い渡す。

その目は憎しみに冷たく光り、声は怒りで震えていた。

「だが今宵は……」

声を落とし、横たわる弥月に目をやる。

「今宵だけは、弥月と二人きりにしておいてくれ」

そう告げて重臣たちを引き揚げさせると、龍偉は弥月の傍らにくずおれるようにしてひざまずいた。

夜が更けて、いつの間にか部屋が暗くなっても龍偉は弥月の傍から離れなかった。

「弥月……」

広い寝台に横たわる弥月の衣服の前をそっと開くと、いつも胸に点っていた小さくてあたたかな光はなく、無惨にえぐられた傷痕を保護するため包帯が巻かれ、蒼ざめた痛々しい姿だった。

眠るように安らかな顔で横たわる弥月を見る。

その横顔を照らす灯りをぼんやりと見やり、ふと思い出す。

夜、部屋が暗くなれば明かりくらい点けろと注意すると、『寝ている間は油がもったいないから』と言っていた弥月のことを。

辺地や不毛の地では、種や実から一滴の油を採るのがどんなに大変なものか、弥月に教えられた今なら分かる。

弥月の言葉、その一つ一つを思い出し、そのたびに胸が引き裂かれるような痛みが走り、龍偉を苛む。

「弥月。お前がいなければ、俺は……きっとまた、人の心を見失う」

両手をグッと握り締め、声を絞り出した。

これから弥月のいない人生を独り、歩んでいかなければならないのか。そう考えた瞬間、ぐらりと頭が揺れて、深い闇に沈み込んでいくような絶望に陥る。

「人のぬくもりを教えてくれたのはお前だというのに、それを俺から奪う気か？　……頼む、弥月……もう一度、目を開けて……俺を見つめ返してくれ」

情を知らぬ自分に人のぬくもりを教えてくれたのは弥月だというのに。この身体から熱が消え失せ、冷たくなってしまうなど、耐えられない。

――なぜ、俺は弥月を守れなかった。

なにが龍王候補だ。自分を置いて、他に龍王になる者はいない、だ。

初めて覚えたやわらかな感情にみっともなく振り回され、惑ったあげく……たったひとつの、かけがえのないものすら守りきることができなかったくせに。

のうのうと自分が息をしていることすら、許しがたかった。

重苦しく渦巻く懺悔が胸を押し潰さんばかりにのしかかり、龍偉を苦しめる。

「……弥月……」

――ずっと…、一緒にはいられないって分かってた、けど……もう少し……傍に…、いたかった、な……。

二人、離れることを知っていたのか。それでもなお、自分に惜しみない愛情を与え続けてくれたというのか。

――龍偉さま、愛して…る……。

消えかかる命を奮い立たせるようにして、懸命に訴えていた弥月のか細い声が、激しい痛みをともなって脳裏によみがえる。

たまらず、弥月の身体を抱き起こし、胸に抱き締めた。

「弥月……俺も……お前を愛して、いる……弥月……っ」

もしこの声が聞こえたなら、お前はどんな顔をするだろう。

真っ赤になって、うつむいてしまうだろうか。

それとも――「知ってたよ」と微笑むだろうか。

なにもかも、遅すぎる。

この胸に点っていたこの感情に、自分がもっと早く気づいていれば……結末は違っていたのか。

目頭に熱いものが込み上げてくるのをなんとかこらえようと、龍偉は己が拳をきつく握り締める。

だがそんな自分の殻を破るように、熱いものが次から次へと胸に湧き出して、龍偉はこらえきれず唸るように息を吐き、肩を震わせる。

「……ッ、ク…ッ」

他者を圧倒する覇道を選び歩んできた過程でずっと感情を殺してきたがゆえに、泣くすべすら忘れてしまった。そんな自分が、胸が張り裂けそうな哀しみに、喉を絞るようにしてただ、慟哭した。

みっともなくあふれ出す涙が、弥月の頬を濡らしていく。

その時、トクン……とかすかななにかが、合わせた胸から伝わってきたような気がした。

――なんだ……？

またなにかの勘違いだろうかと、龍偉は恐る恐る弥月の顔を覗き込む。

顔色は変わらず青白く固く目を閉じたままの表情にはなんの変わりもなく、やはり気の迷いであったかと絶望し……目を閉じ、その細い身体にすがりつくようにして、ぎゅっと弥月を抱き締めた。

だが、再びトクン、という鼓動を感じて、龍偉はハッと目を見開く。

やはり、弥月の胸から弱々しいながらも脈打つ心音が伝わってくる。

「な……っ」

とうとう自分は頭がおかしくなってしまったのかとうろたえつつも、弥月の胸に耳を押しつけた。

すると……消えていたはずの鼓動が、とくん、とくん、と確かに脈打っているのが、龍偉の耳に届いた。

弥月の心臓が、再び動きだしている。

「あぁ…っ、弥月……」

気のせいでもなく、夢でもない。弥月の包帯に包まれた胸がかすかに上下している。

薄く開いた口元に頬を寄せると、小さく震えるように息をする弥月の呼吸を感じることができた。

——なん、ということ…だ。

消えたと思っていた弥月の命が、再び、脈動している。

龍偉はそれを何度も確かめたあと、震える手でそっと弥月の身体を寝台に寝かせた。

「……弥月、弥月……ッ」

寝台の脇にひざまずき組んだ両手に額を押しつけると、喉奥が熱くなり、涙が込み上げ、止めどもなくあふれてくる。

うれしい時にも涙というものは出るのだと、龍偉は初めて知った。

絶望と虚無に押し潰されそうだった胸に、今は熱く疼く歓びが押し寄せてくる。

侍医を呼んで来なければ、と思い立って腰を浮かしたその時――扉を叩く音と同時に、側近たちの慌ただしい声が聞こえてきた。

「殿下…っ、明日の闘いのため、白龍国の様子を探りに行った尖兵隊から、秀英王子が先ほど亡くなったとの報告が上がりました……！」

入ってきたのは偵察隊の龍兵たちで、ひどく興奮した様子で声を張り上げる。

「なんでも秀英は龍偉さまとの戦いで腹部に深手を負いながら白龍城へと戻っていたそうなのですが、その途中、急にもがき苦しみだし、やがて身体の中から発火したように突然、激しい炎に包まれて、最後は灰も残らず燃え尽きた……とのことです」

耳に飛び込んできたその報告に驚愕したあと、龍偉は首をひねった。

「体当たりした時、秀英の腹を両角で思いきり突いたからな。その傷が深いことは察しがつく……だが、秀英も四大龍の『始祖の生まれ変わり』として鍛錬した身体だ。あれが死ぬほどの致命傷になったとは思えないし、ましてや燃え尽きるなどありえないはずだが」

納得がいかず首をひねる龍偉に、重臣たちの後ろに隠れていた龍術学者がおずおずと進み出た。

「殿下、欠片を呑んだといわれる王子についての書物の件ですが、どうやら最期までは記述されていなかったようです。……申し訳ありません。明珠の欠片の扱いを記してあった龍術書は古く解読が難しく、私どももきちんと確認が取れぬまま、青龍領の学者の言うことを鵜呑みにしてしまいました」

床に平伏した龍術学者が震えながら謝罪する。

「その学者の言葉を、秀英もまた、真に受けたということか」

弥月の胸をえぐって欠片を取り出した時の絶望と怒りが込み上げ、軋むほどきつく拳を握り締めた。

「おそらく弥月様の欠片を呑んだ秀英様の身体にある、ご自身の明珠が拒否反応を起こし、身体を焼きつくし灰となってしまったのだろうと思われます」

龍術学者の分析を聞きながら、非業な最期を遂げた秀英にどこか憐れみを覚え、龍偉は静かに目を閉じた。

弥月と出逢って、その純粋な魂に触れていなければ……自分もまた、秀英と同じ道を歩んでいたかもしれない。

そこまで考えて、龍偉はハッとする。

「……もしかしたら、弥月の復活は欠片の焼失と関係しているのか？」

「弥月様が……？　殿下、それは本当なのですか」

ぼそりと漏らした呟きに反応して目を丸くする龍術学者に、龍偉は「そうだ」とうなずく。

龍偉は顔を上げ、周囲に居並ぶ側近たちを見渡すと、

「——皆、聞いてくれ。つい先ほどより弥月の心臓が動きだしたのだ……！」

朗々とそう宣言した。

その言葉に皆、一斉に驚きの声を上げる。侍医が弥月の呼気や脈を確かめて、それが事実であることを裏付けた。

「弥月様……あぁ……本当に、よろしゅうございました」

袖で目頭を拭いながら声を震わせる部下に、龍偉もまた、熱いものが込み上げてくる。

「少しでも早く回復されますよう、今度こそ微力ながら力の限りを尽くします」

龍術学者たちは汚名返上とばかりに、そう意気込んだ。

「ああ……どうか、よろしく頼む」

心からそう告げた龍偉に、龍術学者たちは驚いた顔を見せたあと、表情を引き締めて、深々とうなずいた。

龍王となる野望はついえても、弥月がいればきっと一からやり直せる。

たとえ龍王の力がなくとも、この黒龍領を豊かに、皆が笑って暮らせる土地にしてみせよう。

弥月がそこにいる。それだけで力が湧き出してくる。

そして全員が引き揚げたあと、龍偉は弥月の傍らに横たわると、その身体を抱き寄せた。

先ほどよりもさらに顔色が良くなり、呼吸も規則正しく穏やかになっている。

「必ず、その笑顔を取り戻してみせる……待っていてくれ、弥月……」

龍偉はそう囁くと、その肌のあたたかさを改めて噛み締めながら、やがて眠りに落ちていった。

＊＊＊＊＊

かすかに聞こえてくる声に、漠然と漂っていた弥月の意識が、ふ…っと浮かび上がる。

穏やかなぬくもりに包まれているのをぼんやりと感じていた。

もしかして、天国なのだろうか。

でも行き着く先がどこだとしても——あの人は、もういない。

そう思うとたまらなく悲しくなって、「龍偉《ロンウェイ》さま」と、愛しい人の名を呼び続ける。

「弥月……？」

すぐ間近に懐かしいその声が聞こえてきた。

忘れもしない、龍偉の声だ。

——ああ……龍偉、さま、どうして……？

龍偉がここにいるなんて。……まさか、彼も死んでしまったのだろうか。

確かめたくて、震える手をなんとか動かそうとしたけれど、全身が鉛のように重く、持ち上がりそうにない。

「ん…？　寒いのか？　そうだな、春といえどもまだ朝は気温が低いからな」

するとそんな呟きと共に龍偉の大きな手が弥月の手を握り締めてきた。穏やかな声で語りかけられたあと、そっと唇が額に落ちる。まるで自分の震えが彼にも伝わったように、その唇は優しくなだめるように、弥月の頬に、鼻先に、くちづけの雨を降らせていった。

——あ、ぁ……。

龍偉の匂い、そしてその逞しい腕や、くちづけの感触をしみじみと噛み締める。

死んでしまったはずなのに、こうして龍偉の胸に抱かれている。

なんて、幸せな夢なんだろう。

徐々に身体に感覚が戻ってきて、これから咲きはじめようとする花々の薫りや、木々を吹き渡る爽やかな風の匂いに、弥月はうっとりした。

「弥月、またピィが来ているぞ。あいつもすっかり立派になってこの黒龍城周辺の森の主になっているようで、こうして俺が散歩に連れてくると、弥月の顔を見に、飛んでくるんだ。ほら……ピィの鳴き声が聞こえるだろう？　早く良くなって、以前のように遊んでやらないとな」

龍偉の言葉に応えるように、ピイィ…！　と、ピィの甲高い声が風に乗って響き渡る。

――ピィ、元気にしてるんだ……よかった。

彼は弥月を抱いたままゆっくりと歩きだすと、

「お前が教えてくれた花、覚えているぞ。あれが石楠花で、こっちが躑躅だ。そうだろう？」

ふいにそう言って、龍偉が小さく笑みう。

その言葉に、以前龍偉と手を繋いで歩いた、樹の中の秘密の小道だと、気がついた。

――うん……そうだよ、龍偉さま。

花など興味がないと言っていた龍偉が、ちゃんと覚えていてくれた。

それだけで、どこかくすぐったいような、甘く狂おしい気持ちが込み上げてくる。

「綺麗に咲いたら、また一緒に歩こう」

そう言うと、ふいに立ち止まった龍偉が弥月の唇に優しくくちづけた。

そのやわらかな感触と、くすぐる彼の吐息に、ジン…、と熱く痺れるような感覚に襲われて、胸が苦しくなる。

ちゅ…、と音を立ててゆっくりとくちづけを解いた龍偉は、再び歩きだす。

足音が土や草を踏むものから、硬質な音へと変わり、建物の中へと入ったことに気づく。

しばらくすると懐かしい匂いがした。ここに来てからはずっと弥月が過ごしてきた部屋の匂いだ。

龍偉は弥月の身体をやわらかなものの上にそっと横たえる。そして、

「……そろそろ時間か。弥月、行ってくるぞ」

彼は弥月の髪を撫でながらそう言うと、胸元まで敷布をかけ、額や頬にくちづけて、ゆっくりと立ち上がる気配がした。

——行かないで。

やっとまた彼に会えたのに、離れたくない。

これまでは我が儘だと口にできなかった願いが、龍偉への想いが、はち切れんばかりに胸に募って、弥月の瞳からこらえきれず涙があふれ出す。

「……弥月……？」

重いまぶたに力を込めて、なんとか目を開けると——怪訝そうな表情から、驚きの表情へと変わっていく龍偉の顔が見えて、弥月は微笑んだ。

——ああ……やっと、龍偉さまの顔が見れた。

龍偉にもう一度触れたくて、弥月は鉛のように重い身体を奮い立たせ、必死に力を掻き集めて彼へ

と手を伸ばす。

「弥、月……？　俺は、また夢を見ているのか……？」

差し出された手をそっと手に取り、龍偉が信じられない、といった様子で呆然と呟いた。

「……ロ、ンウェ…イさま……」

触れた手が震えていることに気づいて、弥月は懸命に手に力を込めて握り返し、彼の名を呼ぶ。

するとその瞬間、龍偉は顔がくしゃりとゆがませ、声にならない唸りを漏らすと、

「弥月…ッ、本当に目覚めたのか⁉　夢ではあるまいな……ッ」

弥月の顔を間近に覗き込み、その頬に触れ、確かめる。

弥月自身、この出来事がいつ覚めるとも知れない夢だと思っているからこそ、もうこの手を離したくなくて。

「……行か、ない…で……龍偉、さま……」

衰弱した身体に必死に力を込め、龍偉を引き留めようと、ぎゅっと彼の手を握り締める。

「ああ……どこにも行くものか、弥月」

すがる目を向ける弥月に龍偉は深くうなずくと、その両手で細く小さな手のひらを包み込む。

「この日を、俺がどれほど待ったか……秀英の鉤爪に胸をえぐられて、お前が息絶えたかと思ったあの時から……何度も何度も、夢に見るほどに……」

感極まった様子で呟く龍偉に、弥月はハッとする。

そうだ。自分はあの時、秀英の鉤爪で胸をえぐられて、息絶えたはずなのに。

――そういえば、痛くない……。

胸を、衣服の上から恐る恐る触ってみる。

固く包帯が巻かれている感触がするけれど、痛みはなくむしろ少しむず痒い感じがする。

恐る恐る部屋着の胸元を押し開き、包帯が巻かれた胸を見て弥月は、小さく悲鳴を上げ、目を見開いた。

「ぁ…ッ」

胸元には傷痕が少し盛り上がっているだけで、『龍の御子』の証である紅い光は消え失せていたのだ。

そうだ。あの時、秀英に胸の欠片をえぐり取られてしまったのだ。そして勝ち誇ったような秀英に、欠片を呑み込まれて――。

「ごめ…、なさい……龍偉、さま……っ」

龍偉が龍王になるためには必要だったものなのに、結局、自分はなんの役にも立たなかった。

そのことが哀しくて、申し訳なくて、こらえきれず弥月の瞳から、ぽろぽろと次から次へと涙が零れ落ちる。

「違う。謝るのは俺のほうだ。俺は……お前を、守れなかった」

けれど龍偉は静かに首を横に振り、沈痛な表情でそう懺悔した。

違う。そんなわけがない。きっと、対等に戦っていれば、龍偉は秀英を打ち倒せただろう。なのに自分が彼の足枷となってしまったせいで、あんなことになってしまったのに。

そう反論しようとしたけれど……眉根をきつく寄せてこちらを見つめてくる彼の、深い哀しみをたたえた表情を見て、弥月はなにも言えなくなる。

そういえば、彼は外にいた時、「春といえどもまだ朝は気温が低い」と言っていた。実際、春を告げる花の薫りや、小鳥の鳴き声を感じた。

秀英に連れ去られたあの日は初冬で、上空は凍えそうに寒かったことを覚えているというのに。

龍偉と秀英が激しくぶつかり合い、弥月が眠りについたあの日から、春の気配のする今日まで――

――彼は、ずっとすべての責任を自分一人で背負い、苦しんできたのだ。

そう悟って、その苦しみを思い、胸に押し寄せる申し訳なさと……そして張り裂けそうなほどに膨らんだ愛しさに、おかしくなりそうだった。

「だが……お前が生きて、ここにいる。お前さえ傍にいてくれさえすれば、俺はもう一度……いや、何度でもやり直して、どんなことでも乗り越えてみせる」

「どう……して……」

自分にはもう、そんなことを言ってもらえる価値なんてない。

欠片を失い、『龍の御子』ではなくなってしまった自分は、もう龍偉を『龍王』にすることができなくなったというのに。

そんな弥月の哀しい心の内を、すべて分かっている、といわんばかりに彼は目を細めて微笑うと、

「――俺が、お前を愛しているからだ……弥月」

頬をやわらかくなぞり、そう告げた。

突然の龍偉の告白に、心臓が止まりそうになって、弥月は息を詰める。

「うそ…、だ……そんな」

本当に、これはすべて夢なんじゃないだろうか。

欠片を失ってしまった自分を傍に置いていてくれただけでも、奇跡なのに。

あまりに都合がよすぎると、信じるのが怖くなって、弥月はふるふると首を振って、自分を戒めるようにきゅっと唇を引き結んだ。

けれどそんな態度にも動じることなく、龍偉はまっすぐな目で見つめると、

「本当だ……弥月、愛している。心から……」

熱のこもった目でそう告げ、誓うように弥月の唇にくちづけた。

「……………っ」

彼の熱い唇が触れる。それだけで、固く閉じていた唇がゆるみ、頑なに信じることを拒んでいた心が激しく揺れる。

「信じられないというのなら、何度でも言ってやる。弥月、愛してる。……愛している」

信じることを怖がる弥月の唇へと何度もついばむようにくちづけながら、龍偉は愛の言葉を繰り返した。

「ぁ……ロン、ウェイ…さま……っ」

繰り返すほどに熱を帯びていくその言葉から、触れ合う唇から、伝わる彼の想いが心に沁み込んでいき……とうとう、弥月の凍えていた心が溶け、押し殺していた愛しさがあふれ出す。

望んではいけないと思いながらも、きっと心のどこかで待ち望んでいた。

そんな自分の本当の気持ちを思い知り、龍偉の告白に胸に熱いものが込み上げてきて、弥月の瞳から涙が止めどなく零れ落ちていく。

それはすでに哀しみの涙ではなく、喜びの涙だった。

「欠片は失ってしまったかもしれないが、俺は大事なものを見つけた。お前を取り戻せた今、なに一つ後悔はしていない……だから笑ってくれ、弥月。俺は、お前に笑っていて欲しい」

額を合わせてそう乞う龍偉に、弥月はあふれる幸せのままに、涙を零しながらも微笑み、うなずいた。

仮死状態から目覚めたあと、弥月はみるみるうちに回復していき、今ではほぼ元通りに動けるほど元気になった。

まるでそれを見計らったかのように、黒龍城に龍王の使者がやってきて、龍偉と弥月、二人で龍王城へ来るようにとのお達しを伝えてきた。

もう『龍の御子』ではなくなった自分が、龍人の中でも選ばれた者しか入ることを許されないという龍王城に行ったりしていいのだろうかと、畏れ多さにおののいたけれど。

「龍王がどんな決断を下すのだとしても、俺はお前を離すつもりはない」

龍偉は毅然とした態度でそう言うと、弥月の手を握り締めてくれた。

その想いが涙が出るほどうれしくて、弥月は改めて幸せを噛み締める。

彼がいてくれれば、自分もどんなことでも乗り越えられる。

改めて互いの想いを確かめ合い――そして迎えた、龍王との謁見の日。

繊細な透かし刺繍が施された金の上衣に純白の長袍、そして頭には黄金の冠という龍国の正装を着せられた弥月は、すでに着替えを済ませていた龍偉の正装姿を見て、ホゥ…、と感嘆の吐息を漏らした。

同じく透かしが入った黄金色の上衣に、弥月と色違いの漆黒の長袍、そして金の冠をつけた彼は、いつもにも増して雄々しく、高貴な威厳に満ちあふれていて、思わず見とれてしまう。

「揃いの衣装にしてみたが……想像以上だな。よく似合っているぞ、弥月」

熱っぽいまなざしで見つめながら褒める龍偉に、弥月は気恥ずかしくも甘酸っぱい気持ちになって、そっと彼の手に指を絡ませる。

「本当に、お似合いでございますよ。まるで夫婦雛のようでございます」

鏡の前に並ぶ二人の姿を傍で見つめていた晋平が、しみじみと言う。

「ありがとう、晋平じいじ。行ってくるね」

本当に夫婦になれたなら、いいのに――心の片隅にそんな切ない想いが浮かびつつ、弥月は微笑んでそう言った。

晋平たちが見送る中、迎えの使者に連れられて、龍偉と共に広場へと向かう。

黒龍城前の車寄せには、大きな龍車が待っていた。

龍偉に続いて弥月も座席に座ると、やがて龍車は四頭の翼龍に引かれ、空高くへと飛び立った。

初めて乗る龍車に揺られながら、周囲の風景を眺める。すると、どんどん黒龍城が小さくなっていき、賑やかな街が遠く視界に広がったかと思うと、突然、真っ白な綿雲に遮られ、白い雲の中を龍車は走り続ける。

しばらくのち、ふいに視界が開けて——目の前に、真っ青な空の中に燦然と輝く城が現れた。

「弥月、着いたぞ。あれがこの龍国を統べる龍王の居城、龍王城だ」

神々しいほどの威厳を放つ城を指差してそう告げる龍偉に、弥月は気持ちを引き締める。

龍車が静かに城の前に停まり、うながされて弥月たちは車を降りて城の中へと入っていく。

使者に案内され、龍偉のあとに続いて大広間に入った弥月は、あまりの規模の大きさと豪華さに息を呑んだ。

天井まである窓からは五色の光が燦々と降りそそぎ、鏡のように磨かれた床には自分たちの姿と、黄金に輝く柱や豪華な装飾の天井などが鮮やかに映り込んで、まるで異空間に迷い込んだような錯覚すら覚えるほどの神秘的な空間を作り出していた。

荘厳な空間と場違いな自分の落差におののく弥月の手を取って、龍偉が言う。

「弥月、恐れなくてもいい」

「うん……っ」

その力強さに胸に巣食っていた不安が霧散して、弥月は大きくうなずいた。

大広間の中央まで来た時、龍偉がおもむろに床に膝をつきひれ伏したのを見て、慌てて弥月も彼にならって床に伏した。

「黒龍、龍偉にございます。本日は高昇陛下よりお目通りのお許しをいただき、光栄至極に存じます」

これほど龍偉が緊張し、畏まっている姿を見たことはなかった。それほど龍王というのは格段の差があり偉大な存在なのだと知って、ますます弥月の身体は緊張と畏れに固まる。

「堅苦しい挨拶などよい。二人とも、顔を上げよ」

龍王、高昇の声のものとおぼしき野太い声が広間中に響く。

その言葉に弥月は顔を上げ、声がする正面を見つめた。

「………ッ」

立派なヒゲを蓄えた精悍な顔立ちの男性が、大きな身体に錦の衣装を纏い、黄金の玉座からこちらを見下ろしている。

その迫力に、弥月は思わず息を呑んだ。

「結論から言おう。……龍偉、答えはすでに、弥月の中にある」

高昇の言葉に、龍偉は重々しくうなずく。

「はい。自分の身はわきまえております……自分は、弥月を守りきれず、大事な『龍の御子』の欠片を失うという、取り返しのつかない罪を犯してしまいました。どのような罰も受ける所存です」

龍偉は頭を下げたまま、沈痛に顔をゆがめて応えると、膝に置いた手をぐっと握り締めた。

「違うよ、龍王さま！　大切な欠片を無くしたのは、オレのせいなんだ…ッ。だから罰を与えるんなら、龍偉さまじゃなくてオレに……！」

「弥月……！　お前は下がっていろ」

たまらず身を乗り出して訴えようとする弥月を、龍偉は険しい顔で腕をかざして遮り、一喝した。

「いやだ！　龍偉さまが傍にいてくれたら、なんでも乗り越えられるけど……もし、龍偉さまがいなくなったら……無理、だよ……っ」

「……弥月……」

絶対に譲るものかと叫び、握った手をふるふると震わせて目に涙を溜める弥月を見て、龍偉は言葉を詰まらせる。

「……龍偉、お前がここまで他人を想うようになるとはな」

互いにかばい合う二人の様子を眺め、高昇が感慨深そうに呟いた。

「勘違いしているようだが、欠片はあくまで龍王となる者を見極めるための道しるべにすぎぬぞ。その役目は終わり、そして――今、その胸には、欠片の代わりに『つがいの明珠』と呼ばれる、虹色に輝く宝珠が生まれている」

重々しく告げる高昇に、龍偉と弥月は互いに顔を見合わせる。

「弥月……気づいていたか？」

「あ、あの、また胸の傷痕に小さな膨らみができてきてるのは感じてるんだけど……ただ傷痕が盛り上がってるだけだと思ってた……」

眉をひそめ問いかけてくる龍偉に、弥月も首をひねる。

「弥月。今再び、その胸を自分の目で確かめてみよ」

龍王の言葉に戸惑い、弥月が龍偉の顔をそっと見上げると、彼は大きくうなずき、うながしてくる。

緊張しながら弥月は、長袍の衿元から胸までの留め金を外し、前をはだけた。

欠片があった場所は、えぐられた傷痕が塞がり、小さく盛り上がっていたけれど……龍王が言うような虹色の輝きどころか、なんの光も見えなかった。

不安になって、高昇を見上げる。

すると、彼はフ…ッ、と笑みを浮かべ、ふいに顔を引き締めて弥月へ向かってその手をかざす。

——それに応えるようにして、弥月の胸にまばゆいほどの光の奔流があふれ出した。

「……ッ、なんと、美しい……」

眩しさに目を閉じていると、感嘆を漏らす龍偉の声が耳に届き、弥月は恐る恐る自分の胸を眺めてみた。

欠片のあった傷痕の中が、綺羅綺羅とした美しく神々しい虹色の輝きを放っていて……その光が皮膚を透かし、その中にある小さな珠の形を浮かび上がらせていた。

「弥月。そなたの中にあった『龍の欠片』がえぐり取られたあとも、残されていた核が龍偉の力を受けて充実し、今は立派な宝珠と成っておる。こやつに唯一欠けていた、愛情や思いやりの気持ちがそなたに与えられ、満たされたからだ」

「これ……龍偉さまの力で輝いてるの……？」

感動に声を震わせる弥月に、高昇は「うむ」とうなずく。

そして高昇は龍偉へと視線を移すと、

「龍偉よ。もう一度言う。答えは、『龍の御子』の中にある。様々な思惑にも惑わされず、お前は御子から受け取った情を大切に育み、変化を遂げ……そして『龍の御子』である弥月は、お前を選んだ——龍偉、お前が次期龍王だ」

大広間に響き渡る朗々とした声で、そう宣言した。

「それは……誠でございますか」

信じられない、という表情で、龍偉が呆然と問う。

大事な欠片を失って、罰を受けることを覚悟していたというのに。

——龍偉さま、龍王になることができるんだ……。

弥月は感動に瞳を潤ませ、床に手をつくと深々と高昇に向かって頭を下げた。

「弥月よ。『龍の御子』として生まれ、欠片を宿したために、お前には幼くして過酷な運命を背負わせてしまったな……だが孤独に耐え、危険な目に遭いながらも、情愛や他の者を思いやる心は少しも失わずにいた。その美しい心根があったからこそ、龍偉を導くことができたのだ。感謝しているぞ」

慈しみのこもった高昇の言葉に、これまでのことを思い出して……熱いものが胸に込み上げ、弥月は喉を震わせ嗚咽を漏らす。

そんな弥月を高昇は優しい目で見つめると、

「弥月。お前のその胸にある宝珠は、『つがいの明珠』の名の通り、龍王の伴侶としての証。その『つがいの明珠』は、今後龍偉が龍王として生きていくうえで、もはや不可欠な対の珠となるものだ。その宝珠に流れ込む龍偉の力によって、お前の中にも龍の力が満ち、やがて龍人へと進化するであろう。

弥月、龍偉のつがいとして、こやつの生涯をともに添い遂げてやって欲しい」

――龍偉さまと、ずっと……一緒にいられる…？

想像もしていなかった高昇のその言葉に、弥月は目を丸くする。

「弥月……」

龍偉は感極まった様子で声を詰まらせ、弥月を抱き締めた。

この国の王子であり、四大龍の『始祖の生まれ変わり』という特別な存在である龍偉と自分では身分が違いすぎるゆえに、いずれは別れを覚悟していた。

けれどともに歩んでいける道が開かれたのだと知って、弥月はこらえきれず、彼の胸の中で泣きじゃくった。

ありがたさに身体を震わせ、逞しい胸にすがりつく弥月の背を、龍偉はやわらかく撫でてくれる。

その優しさに、弥月はまた涙を零した。

「龍偉よ」

高昇に呼ばれ、龍偉が顔を上げる。

「白龍領の代理領主の選出や内政が安定するまでの後始末など雑事も増え、当分の間、さらに忙しくなるだろう。龍偉よ、これから龍王としての心構えをしっかりと叩き込むぞ。覚悟するがいい」

「望むところです。ずっと、貴方を超えるために努力してきました。陛下の元で学び、必ずや立派な龍王となってみせます」

重々しくそう言い渡す高昇に、龍偉は彼本来の不遜さを取り戻し、挑むように傲然と言い放った。

「さて、正式に龍偉が龍王となった時、その鱗は黒から金色へと進化を遂げ、新たな世代の黒龍、白龍、青龍、赤龍の四大龍の『始祖の生まれ変わり』となる子供たちが誕生するだろう。……その子たちが領主としてそれぞれの地に降り立つ日まで、弥月よ、龍偉と共に子供たちを育ててやってくれ」

「うん…っ」

龍の子供たち、と聞いて弥月は瞳を輝かせ、意気込んでうなずいた。

――龍の子供って、やっぱり龍になった龍偉さまがちっちゃくなったみたいな感じなのかな？ きっととても可愛いだろうなぁ……。

その姿を想像しつつ、龍の子たちに会えるのが今から楽しみで仕方なくて、弥月は頬をゆるませる。

「色々と苦労もあるだろうが……そなたならばきっと、あふれるほどの愛情を注ぎ、子供たちを立派に育てられるだろうな」

そんな弥月を眺め、高昇は満足げにうなずく。

「……あの、次の『龍の御子』は生まれるの？ あの秀英に呑まれてしまった欠片は、一緒に灰になって消えちゃったんじゃ……」

ふと気になって、弥月が高昇に質問する。

「あの欠片は灰とならず、秀英の身体から抜け落ちて、また虚空へと旅立って行った。何千年か悠久の時をかけ、次の御子を探すためにな。そして、二人が育てた子供たち――黒龍、白龍、青龍、赤龍それぞれの『始祖の生まれ変わり』たちが、欠片を宿した御子と出会う。そなたたちのようにな。その時、次期龍王を選ぶのは龍偉、お前の仕事だ」

高昇は安心させるように静かな口調でそう告げた。

自分が龍偉と出逢ったように、これから自分たちが育てる子供たちもまた、彼方に飛ばされた欠片に導かれ、運命のつがいを見つけるというのか。

あまりにも壮大な話に、弥月は呆然となってしまう。

「もしかして……高昇陛下も、我々のような過程を経て龍王になられたのですか」

龍偉も同じ気持ちだったのか、意外そうな顔で尋ねる。

「我の時はまた少し違う経緯だったが……もちろん、我のつがいも『龍の御子』であったぞ。また機会があれば今度、話を聞かせてやろう」

ふいにフッ、とやわらかな微笑を浮かべ、高昇は言った。

自分の一つ前の『龍の御子』であり、高昇のつがい。

いったいどんな人なんだろう、と想像すると、なんだかわくわくする。

会えたら訊いてみたいこと、話したいことがいっぱいあった。

これから先の未来に待つ様々なこと――きっと、不安や苦労もあるだろうけど、それ以上に楽しみなことがたくさんある。

――龍偉さまが傍にいてくれたら、きっと、なんでも乗り越えられるから。

そっと龍偉を見上げると、彼もまたこちらを見下ろしてきて、二人、目が合う。そのとたん胸に込み上げた甘酸っぱい気持ちに、なんだか気恥ずかしくなって、照れ笑いを浮かべる。

「さて。それでは龍偉、お前が次期龍王となり、弥月というつがいを得たことを祝し、宴を開くとしよう」

満足そうに相好を崩した龍王が側近たちに命令する。

こうして龍偉と弥月の前途を祝しての豪勢な宴が催された。

龍王直々に盃を与えられ、弥月は生まれて初めての酒を口にすることとなった。

龍人たちはみな酒が強い。かといって酔い潰れたり暴れたりする者はいない。賑やかで陽気な酒宴は夜更けまで続いた。

夜もとっぷりと暮れた頃、ようやく賑わいも収まりを見せ、龍王の居城をあとにすることにした。

「龍偉よいか、弥月の胸にあるのはお前にとって大切な小珠、文字通りかけがえのない『掌中の珠』だ。決して手放すなよ」

帰り際、龍車に乗り込んだ二人を見送りに出た龍王が、龍偉に念を押す。

「無論です。たとえ龍王さまのご命令であろうと、生涯手放すつもりなど毛頭ございません」

「ふん、お前もなかなか言うようになったな」

酔って上機嫌な龍王と龍偉のやり取りを聞いていた弥月は、ふわふわと揺れる身体を龍偉にもたせかけたまま、いつの間にか眠ってしまっていた。


「ふぁ……、んぅ……」

心地よいまどろみの中、肌に触れる熱くなめらかな心地よい感触に身体を擦り寄せ、さらにすりすり、と頬ずりすると、突然、唸るような声が聞こえてきて……唇を塞がれ、舌で口内を掻き混ぜられて、その息苦しさに重い瞼を上げた。

「弥月、まだ酔っているのか……」

耳元に心地よく響く声、自分を見下ろす紫銀色の瞳に、ドキリと鼓動が跳ねる。

「龍偉、さま……」

ハッとして周りを見渡せば、見慣れたいつもの部屋の寝室だった。

「え…っ、ここ、黒龍城？　いつ帰ってきたの……っ？」

頭がまだ重だるく、薄もやがかかったようにぼんやりとしている。

初めて飲んだ蜂蜜酒があまりにも美味しくて、高昇に勧められるがままに盃を重ねたのまでは覚えているけれど。

「――ああ…、やっちゃった。ごめん……龍王さま、呆れてないといいけど」

「いや、飲ませすぎたとむしろ謝っていたぞ。しかし……酔った弥月を初めて見たが、なかなか新鮮だな」

失敗だったと落ち込む弥月を、龍偉が顔を覗き込んでからかってくる。

「うぅ…、お酒、美味しくって、つい……」

「そんな申し訳なさそうな顔をするな。うれしかったと言っているのだ。龍車の中でもずっと俺に抱きついたままだったし、部屋に入ったとたん自分から服を脱いで、こうして誘ってくれたのだからな」

言葉通り上機嫌で、龍偉は弥月の頬をやわらかく撫でてきた。

「……うそ……」

その言葉に、弥月は呆然とする。

まったく記憶にないけれど……改めて自分の姿を見下ろすと、確かに全裸で、しかも同じく全裸になった龍偉に身体を密着させた状態で、寝台に横たわっていた。

「陛下がお前をやたら気に入って、世話を焼こうとしたのは気に入らなかったが……そのおかげでずいぶんと色っぽい弥月が見られた。陛下に感謝だな」

「も、もう当分飲まないってば…っ。あれは龍偉さまのお祝いって言われたから盃を受けたけど、今まで一度もお酒、飲んだことなんてなかったんだからね」

あんなに飲んでいた龍偉はしゃんとしているのに。弥月の身体はまだ熱く火照っていて、頭もふわふわしている。

「いや、それは良くないな。弥月もこれからは俺のつがいとして、龍人の仲間入りをするのだ。少しは酒にも慣れたほうがいいぞ」

まだ実感が湧かないけれど……この胸には宝珠ができていて、それが龍偉のつがいの証であると言われたことを思い出し、うれしさと恥ずかしさに、弥月の頬はますます熱くなる。

「でも……なんだか今でも、夢の中にいるみたいで……」

もう何度か終わりだと覚悟した命が、まだ今も繋がっていて、これからも龍偉と共に生きていけるなんて想像もしていなくて……これがもし、夢だったらと考えると、怖くなる。

こうして今、龍偉と抱き合えることさえ、奇跡的だというのに。

「弥月……俺が一生をかけてこれが夢や幻でないと、じっくりと時間をかけて信じさせてやろう。覚悟するのだな。なにせ龍人の寿命は長いのだから」

龍偉の紫銀色の瞳に熱っぽく見つめられて、弥月の身体も熱を帯びてくる。

「龍偉さま……」

身体のあちらこちらに龍紋に交じって傷痕が見える。

彼がどれだけ身体を張って王子として黒龍領を守ってきたか、その証のような傷痕さえ愛おしくて唇をそっと押し当てた。

龍偉の龍紋をなぞるように首や肩、胸を指でそっと撫で、舌を這わせていく。

「ああ、傷は弱さの証だと思っていたが、こうして弥月に舐められ撫でられるなら、傷を負うのも悪くない……」

「駄目だよっ。オレが龍偉さまの傷見るたび、どんな気持ちになるか……」

そう言って睨んだら、いきなり体勢を変えた龍偉に組み伏せられる。

「弥月、いいか……?」

「ぁ……オレ、も……」

情欲の炎が宿った双眸で見つめられ、真っ赤になりながらも、弥月は抱きついた。

龍偉の熱を肌身に感じたいと、切ないほどに欲していた。

「少々暴走してしまうかもしれないが……許せ」

「……うん」

抑えなくていい。むしろ、激情のままに貪って欲しい。

自分に欲情している彼の野性的な顔も、肌に感じる逞しい肉体もたまらなく愛しくて、弥月は感情のままに逞しい背に腕を回し、ぎゅっと抱き締めて胸に頬ずりする。

「今夜の弥月は素直でいい。やはりまだ酔っているせいか」

「い、いじわる…、もう酔ってないってば……」

龍偉のからかいに弥月は口を尖らせた。

「そんなに潤んだ色っぽい目で見つめられたら、おかしくなってしまいそうだ……」

龍偉がお返しだとばかりに小さな珠を愛でるように唇をつけ、その両側の尖りをキュッと音を立て吸われ、刺激を受けた敏感な粘膜が熱く火照る。

「あぁ…っ、龍偉さま……っ」

それだけで身体の芯に悦びの火種が妖しく熾って、燃え上がるのを待っていた。

龍偉の唇が胸を伝って首へ、そして弥月の唇へと重なってくる。

「ふ、……ぅっ」

上顎を舌先で擦るように舐められて、こんな口の中にも性感帯があるのだと教えられる。

舌を絡め合い強く吸い上げられて、初めて味わう感覚に身体が震えた。

こんなにも濃厚なくちづけは初めてで、呼吸さえうまくできず胸を大きく喘がせた。

もっと、もっと、龍偉を感じていたい。

知らなかった色々な感覚や想いがあることを、教えて欲しい。

精悍な相貌をふちどるように金の髪が乱れ落ち、紫銀色の瞳が欲情をたたえて輝いていて……魅惑的な龍偉の相貌に、弥月の胸は高鳴る一方だった。

彼の舌が首筋から胸へと這い下りて、濡らされていく箇所が熱を帯びていく。

唇を舐めたあと、両脇にある小さな尖りへと移り、舌先で強くこねるように押し潰され、固く尖った先をキュッと吸われる。

「あ、あぁ……っ」

切なくなるような愉悦が身体の奥底から湧き上がり、さざ波のように広がっていって、弥月は背筋を震わせる。

「感じやすくなったな、ここ」

何度も自分からねだった胸への愛撫。両方の胸先を指でつまみ、くりくりと擦り立てたかと思うと、熟れてきた粘膜に舌を這わせ、そして甘く嚙んできた。

「龍偉……さまっ、も、もうっ」

繰り返される愛撫で胸の粒が痛いほどに尖り、赤く膨らみを増す。

「相変わらず敏感だな。ちょっと弄っただけで、赤く尖って……まるで、誘っているようだ」

硬く尖った胸先を舌で濡らされ指でつままれて、弥月はたまらず震えるようなため息をついた。

「やぁ……そんな……っ」

龍偉が弥月の両脚を大きく広げ自分の腰を入れると、片脚を持ち上げて膝裏からふくらはぎ、踵へと長い舌で舐め上げられて、濡らされた細い道筋が熱を持ち痺れたように感じる。

「弥月の可愛い反応をもっと見せてくれ」

言いつつ両脚を持ち上げられ大きく割り拡げられ、恥ずかしい場所を全部さらけ出させられて羞恥に喘いだ。

龍偉の頭が下りてきて、長い舌でへそをくすぐり、下腹部を濡らしながら、すでに勃ち上がっているモノに舌を絡められる。

「ひ、ぁぁ……龍偉、さま……っ」

音を立てて舐め吸われて、先端ににじみ出した雫さえ吸い取られて、抗いきれない快感に悲鳴を上げた。

「弥月……後孔がひくついてきているぞ。欲しいのか…?」

かすれた龍偉の低い声が、弥月の耳を蕩けさせ、頭を痺れさせていく。

「……い、いじわる、言わないでよ……」

恥ずかしいことを耳元で囁かれ、弥月は羞恥に身をよじる。

弥月の下半身がさらに大きく持ち上げられて、剝き出しにされた後孔に舌が忍び込んでくる。

「ひぁっ。んあ…っ、やぁ…んんっ。龍偉、さま……っ」

疼きはじめた内壁へ、ねっとりと舌を這わされるその感触にどうにかなってしまいそうで。弥月は必死になって龍偉の舌から逃れようと儚い抵抗をした。

「龍偉さま……っ。だ、駄目……もう……ッ」

秘部にひそむ弱いところを舌先でねぶるように刺激され、募り続ける悦楽に欲求をこらえきれなくなって、弥月は泣き声で訴える。

「我慢せず、出せばいい」

「そっ、そんな……やだ…っ、んあぁぁ……！」

せり上がってくる快感の渦を止めるすべもなく、身悶えながら弥月は白濁を放った。

「あぁ……ご、ごめん……なさい……」

はしたなく達してしまった羞恥に涙ぐみながらも、恥じ入る気持ちとは裏腹に、身体はいまだ快楽を求めて熱を帯び、悦びの雫を零し続けている。

「どうやら……弥月も、発情していたようだな」

龍偉が弥月の腹に飛び散った残滓を舌でペロッと舐めながらからかう。

「いじわる……あぁ…っ、もう……んんッ。やぁ…っ、なんか…変、だよ…っ」

なのに、龍偉の舌が這い舐められたところからジワリと熱を持ち痺れたようになってくる。深く舌を入れられた後孔さえもうずうずして、腫れぼったくなった内壁に疼きを覚えてくる。

「ん、ぁ…っ、龍偉さま、お願い……も、もう」

疼きを止めて欲しくて、腰を揺らめかせ両手を差し伸べ全身でねだった。

「ああ……俺も限界だ」

中を埋めてくれる昂ぶりを待ち望んでいる後孔の粘膜に灼熱が触れたと思ったとたん、それは圧倒的な質量をもってひだを押し拡げ、中に入ってくる。

「んぁっ！　ひぁ…ぁんっ」

二度三度と大きく揺すり入れられ、身体の奥の奥まで押し入れられて、龍偉の脈打つ昂ぶりを身体の奥深くで感じた瞬間、込み上げる悦びに弥月の目に涙がにじんだ。

触れ合った胸から伝わる力強い鼓動も、逞しく脈打つ昂ぶりも、愛している人の全部をこの身体で受け止めている。そう実感できることがうれしくて、幸せだと、心から思う。

気づくと、涙が弥月のこめかみを流れ落ち、敷布《シーツ》を濡らしていく。

「苦しいのか…？」

眉根を寄せて心配する龍偉に、弥月はふるふると首を振ると、微笑みを浮かべた。

「ううん……うれしく、て……っ」

互いの肌と肌を合わせることが、こんなにも切なくて愛おしいものなのかと、その悦びを弥月は全身で感じていた。

その力強い筋肉の繊細な動きさえ感じていたくて、両手を背に回し両脚を腰に絡める。

龍偉の口から零れた吐息さえも、弥月の胸を熱く震わせた。

やがて緩やかに、けれど力強い律動は、弥月の体内の深い場所に生まれた愉悦の波を広げ、指の先、髪の先まで龍偉の熱に浸っていく。

体内の奥の奥まで逞しい雄芯を突き入れられて、息苦しさと湧き起こる快感とに全身が甘く震える。

「や…、あぁ…っ、変に、なる……っ」

自分も精いっぱい身体を合わせながら、うわ言のように口走る。

自分がこんなにも貪欲に龍偉を求めていたなんて。

龍偉を欲しいと願っていた気持ちの強さだけ、彼の与えてくれるなにもかもが愛おしくて、そのすべてが快感にすり替わっていく。

「ああ……なれよ」

耳たぶを食まれ舌で濡らされ熱い息が吹き込まれて、頭の芯まで痺れさせられる。

律動が激しくなって大きく腰が打ちつけられ、両手でつかまっていることもできなくなる。

それでも龍偉を少しでも深く受け入れていたくて、夢中で腰を擦り合わせた。

「龍偉、さま……っ、あぁ、ぁ……っ」

身体の奥深くを激情のままに蹂躙され、頭の中が白くなるほどの快感に声を上げた。

「弥月……っ」

唸るように名を呼ぶと、唇を塞がれ、貪られる。

「んぅ……んんっ！　ふぁ…っ」

逃れようのない甘美な愉悦に支配されながら、弥月は夢中で龍偉の舌に舌を絡め吸って応えた。

なんの技巧もない稚拙な弥月の精いっぱいのくちづけ、それでも龍偉は満足そうに吐息を漏らしてくれる。

弥月の勃ち上がり露を含んだモノが逞しい腹筋に擦られ刺激されて、耐えがたい快感がせり上がってくる。

内壁を昂ぶりに擦り上げられ、口腔を舌で掻き回されて……全身で龍偉を感じ、彼への愛しさで満ちあふれ、おかしくなってしまいそうだった。

あまりの強烈な快感に目を開けていることもできず、ただ夢中で龍偉の胸にすがりつく。

「くぅ……っ、ふっ」

やがて龍偉も歯を食いしばり獣にも似た呻きを漏らして、弥月の内奥を深く貪ってきた。

汗ばんだ肌と肌を合わせて、整わない荒い息を互いに吐きながら抱き締め合った。

薄く目を開けると、胸で欠片が虹色に瞬くのが見える。

「くぅ……んんっ、龍偉さま……龍偉さま…っ」

その熱を、存在を、この身体に深く刻み込んで、教えて欲しい。これが夢ではないと信じさせて欲しい。

「弥月の中……すごいな。うねって、絡んでくるぞ」

龍偉が息を乱しながら律動を早める。

熱く充実した楔で二人繋がり、擦られ揺すり上げられて、弥月の中はとろけきり龍偉に吸い付き絡む。

「あぁ……龍偉さま、ぁ……んあぁ……っ」

弥月は声を上げながら両手を伸ばし、その逞しい腕にしがみついた。

さっき放ったばかりなのに。さらなる高みに昇りつめ、快感に悶えながら弥月は涙交じりの嬌声を漏らした。

「あぁ…、この表情を、もう一度見たくて夢にまで見た。弥月……」

艶っぽい声でそう囁きながら、彼の動きはさらに激しく、狂おしいものになっていく。

荒い息をつき、なにかに耐えるように切なげに眉根を寄せた彼の表情こそ、弥月にとって魅惑的でたまらないというのに。

「ひぁっ、やぁ……っ」

腰を突き上げられこねられて、身体が内側からとろとろとろけだしていくような錯覚に陥る。

龍偉の細められた煙るような魅惑的な瞳、肉感的な唇から覗く赤い舌がさらに欲情を煽った。

「んぁっ！　くぅ…んっ、あぁぁ……っ」

言葉にならない声を上げながら白い液体を飛び散らせ、龍偉の腹や胸を濡らした。

それでも快感の波はなかなか消えてくれなくて、ビクビクと痙攣して中の龍偉を締めつけている。

「ッ、俺も…、もう…っ」

奥歯を強く食いしめ耐えていた龍偉も、やがて身体をぶるぶると震わせながら、弥月の体内深くに熱情を勢いよく弾けさせた。

汗ばんだ身体が不随意に痙攣しながら重なってくる。その肌から伝わるぬくもりが、逞しい身体の重みがうれしくて、精いっぱい腕を上げて背を抱き締めた。

「……弥月」

龍偉が体重をかけないように横にずれながら、弥月を抱き返す。

「龍偉…、さま」

まだ乱れている息を整えながら互いに見つめ合う。

「これからも色々とあるだろうな……お前がいなければきっと……俺はまた、心を凍らせ、過ちを犯してしまう。これからもどうか、ずっと俺の傍にいて欲しい、弥月……」

「……うん。龍偉、さま……うん…っ」

弥月は込み上げる涙で言葉にならず、ただ何度もうなずいた。

高昇から言われた時は驚きのほうが大きくて実感できなかったけれど、今こうして龍偉の口から聞かされて、本当に自分の運命は龍偉と共にあるのだという実感が、ふつふつと湧いてくる。

これから龍王としてさらなる試練が待っているだろう龍偉のために、対の宝珠を持つ者として彼がいる限り、自分もまた、彼のつがいとして、ふさわしい強さを身に付けていきたい。

「どんなことがあっても、お前がいれば大丈夫だ。弥月は俺の大切な『掌中の珠』だからな」

まるで心の声が聞こえたかのように龍偉からそう言われて、弥月は涙でくしゃくしゃの顔で微笑んだ。

愛する人の姿を眺められる日々が、愛する人の腕に抱かれて眠る幸せな夜が、これからもこうして続いていくならどんな苦労も厭わない。

それからまた何度か互いに求めて、耐えてきた日々の想いのたけを貪り合い与え合った。

ふと目覚めると、健やかな寝息を立てる龍偉の顔が間近にある。

まるで自分を守るように両腕の中に包まれて、幸せにまた涙ぐんでしまう。

今日の感謝と明日からの幸せを願いながら、静かに目を閉じる。

窓越しに見える夜明け前の空には、大きな月が重なり合う二人を見守るようにやわらかな光で照らしていた――。

あとがき

皆様、クロスノベルズでは初めまして、ですね。眉山《まゆやま》さくらと申します。

幻想的な龍の国での傲慢な龍王子とのラブ、いかがだったでしょうか？　傲慢…のはずなんだけど、なんだか可愛いヤツになっちゃった気がします。ロンウェイ。

感想などありましたらぜひ、お聞かせくださるとうれしいです。

今回も美麗で繊細なイラストで作品の世界を色鮮やかに彩ってくださったみずかね先生。美しいだけではなく、毎回、世界観を見事に表現してくださって本当にありがとうございます……眼福です……！

よければぜひ、またご一緒させてください。

そして担当様。色々とご迷惑をかけてしまい申し訳ありませんでした……とても迅速に対応してくださって、本当に助かりました。これに懲りず、今後ともよろしくお願いいたします……！

最後に、この本を買ってくださった皆様。皆様のお陰で、なんとかこうやって作品を形にすることができています。本当に本当にありがとうございます……！

また、次の作品でもお目にかかれることを心より願っております。

CROSS NOVELS既刊好評発売中

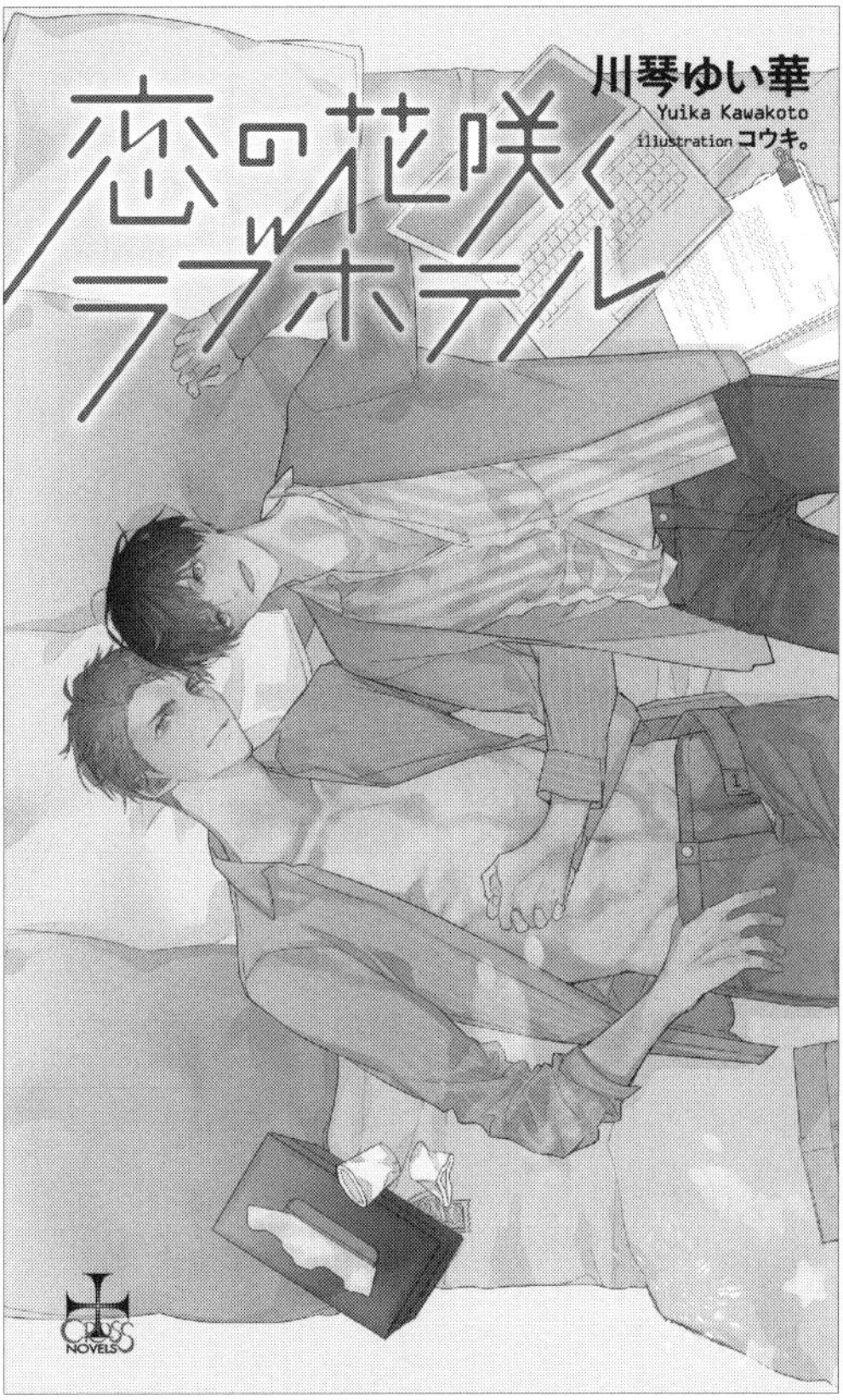

これがいわゆる『彼氏み』……!?

恋の花咲くラブホテル

川琴ゆい華

Illust コウキ。

ラブホテルの空き部屋で執筆することになった恋愛小説家の凌。

オーナーの吉嵩に可愛いと甘やかされ、食事の用意からえっちなお世話まで!?

吉嵩はさらに「俺とのこと芸の肥やしにでもすればいいじゃない」と迫ってくる。

ファーストキスも奪われ、実は童貞なこともばれてしまった！

この気持ちは恋なのか、恋愛経験ほぼゼロな凌にはわからないのに、ドキドキは抑えられなくて……。

ちょっとえっちな溺愛ラブコメディ♡

CROSS NOVELSをお買い上げいただき
ありがとうございます。
この本を読んだご意見・ご感想をお寄せください。
〒110-8625
東京都台東区東上野2-8-7　笠倉出版社
CROSS NOVELS編集部
「眉山さくら先生」係／「みずかねりょう先生」係

CROSS NOVELS

黒龍王と運命のつがい ～紅珠の御子は愛を抱く～

著者
眉山さくら

2018年11月23日　初版発行　検印廃止

発行者　笠倉伸夫
発行所　株式会社　笠倉出版社
〒110-8625　東京都台東区東上野2-8-7　笠倉ビル
[営業]　TEL　0120-984-164
FAX　03-4355-1109
[編集]　TEL　03-4355-1103
FAX　03-5846-3493
http://www.kasakura.co.jp/
振替口座　00130-9-75686
印刷　株式会社　光邦
装丁　Plumage Design Office

ISBN 978-4-7730-8956-1
Printed in Japan